너의 시간이 올 거야

너 의
시 간 이
올 거 야

차영남

알비

Prologue ●○●○●

새로운 시작을 하려고 할 때마다 별로 좋은 생각이 아닌 것 같다는 말을 종종 들었다. 사람들은 웬만하면 자신의 촉이 틀린 적이 없다며 확신은 있지만 책임감 없는 말투로 나를 흔들곤 했다. 그럴 때마다 항상 나의 선택을 믿었다. 타인의 생각대로 움직였다면 더 좋은 일이 일어났을지도 모르지만, 평생을 타인의 뜻에 따라 선택하며 살아간다면 삶의 결정적인 순간에 자신을 믿을 수 있을까.

그래서 선택의 결과가 성공적이었느냐 묻는다면 딱히 내세울 만한 수준은 아니다. 그래도 결심한 일을 타인의 한마디로 물리지 않는 힘이 생겼다. 그럴 때마다 스스로 일어서 버티기 위해 글을 쓰다 보니 넘어진 누군가가 일어나길 바라는 바람이 자주 담기곤 한다.

하지만 때로는 넘어져 있는 사람 옆에 나란히 앉아 같은 곳을 바라보는 글을 쓰고 싶다. 함께 엉덩이를 붙이고 앉아 같은 곳을 오랫동안 바라보다가 때가 되면 아무렇지 않게 일어나 엉덩이를 툭툭 털고 사뿐히 걸어 나갈 수 있는 글. 누군가를 위해 넘어질 수 있는 사람이 된다면 조금 더 따뜻한 글을 쓸 수 있지 않을까. 무릎은 조금 아리겠지만 옆 사람의 어깨를 따스하게 감싸 안는 사람이 되고 싶다.

이 책이 누군가에게는 일어설 수 있는 응원이, 누군가에게는 따뜻한 공감으로 전달되길 바란다.

차영남

Contents ○●○●○

01 그럼에도 불구하고.

02 건너편 건물 위에 별 하나.

01

그럼에도 불구하고.

잽 Jab

내가 하는 말이 매번 비슷하다. 모아두면 그 말이 그 말일지도 모르겠다. 공통점을 찾자면 힘든 거 잘 알지만 한 번만 더 해보자는 말이다. 많은 사람이 비슷하겠지만 코로나 이후로 일도 모임도 줄다 보니 자연스럽게 나태해진 게 사실이다. 그렇다고 넋 놓고 누워 쉴 수만은 없으니 집에서도 할 수 있는 일거리와 돈벌이를 찾는 사람들이 늘어났다. 하지만 새로운 일을 직업으로 만드는 건 보통 힘든 일이 아닐뿐더러 직업을 대체할 만큼의 만족도를 주지 못하니 무기력한 상태가 되거나 우울에 빠진 사람들도 많아졌다. 그래도 집에서 일상을 즐기거나 직업정신을 발휘해 유쾌한 영상을 만들어 사람들을 위로하고 희망을 건네는 이들도 간혹 보인다.

나는 글을 써서 SNS에 올리는 시간이 늘었고 틈틈이 하던 운동을 꾸준히 할 수 있게 되었는데, 하루는 체육관의 프로 선수가 시합 준비하는 모습을 구경할 수 있었다. 쉬지 않고 오 분 동안 다섯 명을 번갈아 상대해가며 두 개의 라운드를 소화해내야 하는 선수의 모습은 바라보는 것만으로도 꽤 힘들었다. 잘 해낼 거라는 기대와 혹시나 중도에 포기하더라도 실망하지 말자는 떨림으로 십 분을 보냈다. 말이 십 분이지 단 일 분만 전속력으로 달려도 숨이 목까지 차오르는 경험을 해본 사람은 십 분의 전력이 얼마나 힘든 시간인지 알 수 있을 것이다. 그는 계속해서 넘어지고 넘어뜨리며 체력을 소진했다. 지옥 같은 십 분의 스파링이 끝나고도 모두 끝난 것이 아니었다. 잽 열 번, 무릎 들기 스무 번 같은 것들이 이어졌고, 못 하겠다고 하면서도 열심히 주먹과 무릎을 내던졌다.

그 모습을 지켜보던 나는 경외감 같은 걸 느꼈다. 선수들은 매일 체육관 문 열릴 때부터 닫을 때까지 운동하는 게 일상이라 훈련이 단순한 루틴이라 생각될 수도 있겠다. 하지만 나처럼 취미로 운동을 나가는 사람에게는 제법 과격하고 혹독해 보였던 훈련의 강도가 어떤 떨림을 주었다. 더는 주먹을 뻗지 못하겠다고 포기를 말하면서도 꾸역꾸역 관장님의 손바닥을 때리던 선수의 주먹과 할 수 있다고 크게 외치던 관장님의 격려 어린 손바닥이 주는 떨림.

그동안 포기해왔던, 혹은 포기하려 했던 많은 순간이 떠올랐고 그럴 때마다 응원을 줬던 많은 사람들이 생각났다. 혼자서는 해내지 못할 순간에 누군가의 응원으로 한 번 더 일어날 수 있었던 많은 시간들. 마치 만화책의 주인공이 무력해졌을 때 동료들이 나타나 힘을 모아주면 갑자기 괴력을 발휘하는 것처럼, 한 번 더 잽을 던지는 선수의 모습을 보고 나는 다시 힘을 얻었다. 매일 죽을 만큼 숨을 헐떡이는 사람 앞에서 언제 마지막으로 숨을 헐떡이며 살았는지 돌이켜봤다.

조금도 움직이지 못하는 순간에 애써 구부러진 팔을 뻗는 모습을 보며 나도 할 수 있다는 다짐을 한다. '구부러졌든 휘어졌든 한 번 더 주먹을 던져보자.' 요즘처럼 노력의 끝에 서 있으면서 한계를 뛰어넘는 건 무리다. 그러니 스스로 극복의 의지를 불어넣는다. 제한된 상황 안에서 최대한의 노력을 해보자고. 노력과 열정만으로는 해결되지 않는 일이 많겠지만 잽 한 번 더 날리는 것은 가능하니까. 어제보다 오늘, 오늘보다 내일 잽 한 번 더 날려본다.

러너스 하이

오랜 시간 카페에 앉아 지난 시간을 정리해봤다. 어떻게 살아왔는지, 어디쯤 와 있는지. 스물아홉은 이십 대 중 가장 힘든 시기였다. 보조출연으로 시작해 주연 배우가 되겠다고 힘써온 지 십여 년이 흘렀으나 성과가 적었다. 오랜 무명의 시간을 통해 험난한 업계의 현실을 받아들이게 됐으면서도, '서른 즈음이면 어느 정도 하고 있겠지?' 하며 스스로 희망 고문한 탓도 있다.

지나온 삶을 그래프처럼 그리다 보니 문득 육상선수로 활동했을 때가 생각났다. 중장거리 선수로 1500m를 뛰었는데 1500m 달리기는 체력단련 때나 하지 운동회에에 있는 종목이 아니었고, 여학생들에게 인기가 많은 단거리 경기보다 주목을 받지 못하는 종목이었다. 근데 하필 관심도 없는 체력장 오래달리기에서 일등을 해버렸고, 얼떨결에 육상부에 들어가 매일 아침부터 저녁까지 운동장을 몇십 바퀴씩 돌다가 결국 대회까지 나가게 됐다.

육상 트랙 400m 기준으로 1500m 달리기는 트랙을 세 바퀴 하고도 3/4 정도를 달려야 하는데, 이해하기 쉽게 한 바퀴에 200m인 학교 운동장으로 얘기하자면 일곱 바퀴 반을 뛰어야 한다. 초반에는 선두그룹에 속할 정도로만 달리다가 칠십 퍼센트 정도의 속도를 유지하며 네 바퀴에서 네 바퀴 반까지 선두그룹을 지켜나가는 게 중요하다. 다섯 바퀴가 넘으면 체력에 따라 속도를 올리는 사람과 속도를 늦추는 사람으로 나뉘면서 또 다른 선두그룹이 생긴다. 두 바퀴쯤 남았을 때 체력이 급격히 떨어지고 정신이 혼미해지는데, 이 순간을 이겨내면 러너스 하이(runner's high)라는 몸과 머리가 가벼워지고 새로운 활력과 에너지가 생기는 순간을 경험할 수 있다. 갑자기 초인적인 힘이 생기는 느낌이랄까.

100m, 200m만 이를 악물고 달리면 한층 가벼워진 몸으로 마지막 바퀴를 달리고 결승선에 도착할 텐데, 그 전에 지쳤다고 집중하지 못하거나 선두그룹을 포기하면 두 번째 그룹으로 밀려나게 된다. 나는 대회에서 두 번째 그룹으로 결승선을 통과했고, 결국 그 뒤로 육상을 그만두었다. 순위권 안에 들지 못해서가 아니라 스스로 포기했다는 패배감이 나를 부끄럽게 만들었기 때문이다. 경기

가 끝나고 생각했다. '바로 앞 주자만 따라잡았더라면 조금 더 달릴 수 있었을 텐데 왜 조금씩 속도를 늦췄을까. 만약 거기서 포기하지 않고 한 발 더 내디뎌 순위권 안에 들었다면 그 이후의 삶은 어땠을까.'

여름의 끝자락과 가을을 지독히도 무기력하게 보냈다. 마치 마지막 바퀴를 앞둔 그 날의 나처럼. 그때의 아쉬움을 다시 경험하고 싶진 않다. 일등을 할 수 있을 진 모르지만 적어도 스스로 발걸음을 늦추지 않는 서른 살이 되어 삼십 대라는 트랙을 달리고 싶다. 러너스 하이를 넘어 결승선에 도착할 때까지 끊임없이.

꾸준함

'꾸준히'와 '성실하게'라는 말을 좋아한다. 하지만 오랜만에 간 헬스장 거울 앞에 선 나의 몸 앞에서 그 말의 의미가 무색해졌다. 꾸준함이라는 말을 하기엔 너무 비루한 몸이었다.

말콤 글래드웰의 〈아웃라이어〉에서는 성공한 사람들의 예를 들며 '1만 시간의 법칙'이라는 매직넘버를 제시한다. 신경과학자인 다니엘 레비틴이 '어느 분야에서건 대략 하루 세 시간, 일주일에 스무 시간씩 십 년간 연습하면 세계 수준의 전문가, 마스터가 될 수 있다'라고 했는데, 책이 발간되고 나서 논쟁의 여지가 많았다. 그래서 이 이론에 관련한 논문을 발표했던 심리학자 안데르스 에

릭슨 박사가 무조건 오랜 시간을 열심히 하는 것이 아니라 '올바른 방법으로 인간의 적응력과 성취감을 적극 활용해서'라는 방법론을 제시하는 〈1만 시간의 재발견〉이라는 책으로 오해를 바로잡고자 나서기도 했다.

노력을 통해 성공하는 방법이야 사람의 성격, 가치관, 사고방식 등에 따라 제각각 다를 테고, 재능 없는 사람의 피나는 노력으로는 타고난 천재의 적은 노력조차 앞지를 수 없다는 말도 사라지진 않을 것 같다. 나 또한 재능이라는 것을 높이 사고 그것은 개인에게 매우 소중한 선물이라고 생각하는 사람이기에, 단순히 1만 시간을 투자해 노력으로 재능을 이겨보겠다는 것은 아니다. 거울 앞에 서서 꾸준히 운동했을 때의 모습과 비루한 현재의 나를 비교하며 왜 내가 하고 싶어 하는 것, 해야 하는 것, 하겠다고 한 것들에 대해 이렇게나 시간을 투자하지 않았는지 자책하는 것이다.

잠시 나를 변호하고자 나름대로 유지하고 있는 꾸준한 노력을 얘기하자면, 특별한 스케쥴이 있지 않으면 하루에 여덟 시간 정도 연기와 관련된 활동을 한다. 영화나 연극을 보고, 대본을 구해 연습해본다거나, 미술 작품을 보고 상상의 나래를 펼쳐보거나, 다큐멘터리 사진 속에 찍힌 피사체의 눈빛과 표정을 살피거나, 길가에 앉아 지나가는 사람들의 행동이나 특징을 관찰하는 등등 다양한 활동들이 그 범주에 속한다. 하지만 개인적으로 그것만 해서는 좋은 배우가 되기 어렵다고 생각한다. 가장 문제가 되는 것은 어느 순간부터 편한 훈련만 원하는 만큼 하며 지내고 있다는 것이다. 물론 위의 활동들도 나의 오감을 자극하고 에너지를 소비하게 하지만, 심신을 피곤하게 만들고 귀찮은 훈련들이나 연기를 처음 할 때부터 했던 신체훈련이나 소리훈련 등등 대학교를 졸업할 때까지 약 십 년간 기본적으로 꾸준히 해왔던 훈련 등을 어느 날부터 놓아버린 것이다.

편하게 잘하는 부분을 집중적으로 발전시키는 게 장점을 부각하고 단점을 감추는 긍정적인 효과로 작용한다면 다행이겠지만, 반대로 자신을 점점 정해진 틀에 가두고 있는 건 아닐까 걱정이 된다. 게으름을 고백하는 게 팔불출 같고 부끄럽지만, 나태함을 만천하에 알리고 재무장을 해야 그나마 다시 꾸준해질 수 있지 않을까 싶은 생각에 창피함을 무릅쓰고 이렇게 성찰의 글을 남긴다.

꾸준히 성실하게 지켜왔던 나만의 노력. 그걸 놓아버리고는 다른 핑계를 대며 살아가고 있는 건 아닐까 깊은 반성을 하게 되는 귀갓길, 집으로 가던 버스에서 내려 이 생각 저 생각에 비를 맞으면서도 한참을 걸었다.

최고가 아니라고
최선도 안 하진 말자고

오디션이 잡혀 새벽까지 연습하고 집으로 걸어오는 길에 옛날 생각이 났다. 입시를 하던 시절, 어떻게 해야 하는지도 모르면서 대사 하나를 물고 늘어져서 혼자 연습실에 남아 밤을 새우던 날들이 겹쳐지면서 만감이 교차했다. 그때도 그때 나름대로 최선을 다해 연기했겠지만, 지금 생각해보면 그 어려운 희곡들이 무슨 얘긴지도 도통 알 길이 없었으니 짜놓은 동선과 박자를 맞추며 대사를 읊기 바빴는지도 모르겠다.

하지만 정말 열심히 했다. 수능이 끝나고는 선생님들보다 학원에 일찍 가고 늦게 나가 문을 여닫는 일도 직접 했다. 학교에서도 예체능 계열을 배려해주어 음악실에서 연습할 수 있게 해준 덕에 온종일 연습할 수 있었다. 그때는 연습 말고는 할 게 없었고 하고 싶은 것도 없었다.

그렇게 죽도록 연습했는데 그래도 최고로 잘하진 못했다. 학원에 재능 넘치고 영리한 친구가 있었는데 내가 보기에도 실력이 출중했다. 학원 콘테스트에서 그 친구가 최고임이 분명한데도 성실함을 높이 산다며 나에게 상을 준 적이 있었다. 그 상은 나에게 재능이 부족하다는 것을 알려줌과 동시에 성실함과 노력에 재능이 있다는 것을 알려주었다. 대학에서나 외부에 나가 작업을 하면서도 마찬가지였다. 내가 내세울 수 있는 건 방대한 양의 준비였다. 연극사 수업이면 관련된 논문을 전부 읽고서는 수업에 들어갔고, 잘못 신청한 법학과 전공 수업의 발표 시간에 다른 학생들은 통계자료를 이용할 때 난 다수를 찾아가 직접 인터뷰 영상을 따와 교수님께서 정성이 갸륵하다고 칭찬을 해준 적도 있었다. 단편영화를 한참 많이 찍던 시절에도 대표작이 없으니 다작을 해야겠다는 생각으로 작품이나 역할을 가리지 않고 일이 들어오는 대로 찍어댔다. 뭐든 했다. 그냥 연기하는 순간이 자주 찾아오는 것이 마냥 행복했다.

많이 하고 오래 하는 수밖에 없었다. 한때는 오디션에서 준비한 독백이 뭐가 있는지 물어보면 아무 영화나 제목만 말해보라고 대답한 적도 있었다. 자판기처럼 독백을 백 개도 넘게 외우고 다녔다. 준비되어있다는 자세를 보여주고 싶었다. 하지만 그 많은 것 중에 정작 그 누구보다 최고로 잘한다고 할 만한 것이 없어서 많이도 탈락했다. 그러던 중 신형철의 〈슬픔을 공부하는 슬픔〉이라는 책을 밤새 읽으며 침대 위에서 많이 울었다. '타인의 마음과 아픔을 공부하는 것이 인생에서 가장 어려운 공부'라는 말과 '타인에게 시간을 할애하는 일은 일정의 목숨을 내어주는 것과 같다'라는 말에 머리를 한 방 맞은 기분이었다.

그래서인지 요즘 연기를 쉽게 하지 못한다. 불과 몇 달 사이인 것 같은데 연기를 하는 게 무서워졌다. 가까운 사람의 마음도 모르면서 존재하지도 않는 대상을 존재하는 것처럼 하는 행위 자체를 너무 쉽게 생각해온 것 같아 부끄럽게 느껴졌다. 그렇게 좋아한다면서 연비 나쁜 차가 땅에 기름을 뿌리듯이 연기를 해댄 것이 후회스러웠다.

예전엔 오디션 대본을 갑자기 받아도 바로 할 수 있다는 투지를 불태웠다. 하지만 요즘은 어떤 대사든 손에 잡히는 게 두렵기까지 하다. 이 사람이 만약 실제로 존재하는 사람이라면, 그래서 그 사람의 마음을 대신 표현해야 한다면 과연 잘할 수 있을까. 마치 원한 가진 귀신이 내 뒤에 붙어있는 것처럼 무서워졌다. 바삐 움직여야 할 시기에 그 어느 때 보다 더뎌져서 오디션이 잡힐 때마다 무리한 연습으로 밤을 꼬박 새우다가 결국 최악의 컨디션으로 가곤 했다.

평생을 같이 산 사람 속마음도 모르고 사는 게 사람인데 어찌 생전 처음 보는 글자 속 인간을 사람답게 만드나 하면서 정작 대본은 얼마 보지도 못하고 이 사람은 어떤 사람일까 상상하다 보면 해가 떠 있었다. 남들보다 많이 알아야 직성이 풀리는 성격 탓에 뭘 해도 시간이 몇 배는 걸리는데, 이젠 조금을 생각하는 데도 한참이 걸리니 아침 해를 더 자주 보게 생겼다.

그래서 결국 더 열심히 하는 수밖에 없다. 제일 잘하는 것도 하나 만들고, 쉴 때 잘 쉬고 할 때 최선을 다하며 못 돼도 잘 돼도 각자의 고생이 있어서 어차피 고생은 계속되니까 지치지 말고 힘내자고 스스로를 고무해본다.

프리랜서

소속사와 계약이 끝나고 프리랜서가 되면 부지런해질 줄 알았는데 생각보다 무기력했다. 휴식은 사치임을 알면서도 다시 혼자가 되어 일을 구하러 다닐 생각을 하니 머리가 아프고 피곤했다.

고장 난 프린터를 몇 달째 고치지 않은 탓에 인쇄소에서 몇십 부의 프로필을 출력해 몇만 원을 내면서 돈이 아깝다 생각했다. 프로필과 시나리오를 출력할 일이 잦았다면 아마 일찌감치 고쳤겠지. 오디션을 보고 나와서 근처 영화사를 찾아가 프로필을 제출하면서도 손이 쉽게 떨어지지 않았다. 과연 한 번이라도 보긴 할까. 내 이력서 두 장이 이면지로 쓰이더라도 그들의 눈에 한 번은 들어갈 기회가 있을까. 아직 추위가 가시지 않은 여의도를 걸으며 바라본 방송국의 벽면에는 친구가 나오는 드라마 포스터가 걸려 있었다.

혼자 일하던 때에 연락했던 캐스팅 디렉터들의 목록을 꺼냈다. 먼지가 쌓인 파일은 3년이 지난 자료였고 3년 만에 불쑥 전화를 할 용기가 나지 않아 메일로 프로필을 발송했다. 꽤 많은 메일이 반송되었다. 아마 내가 가진 정보가 낡은 탓이겠지만 그들에게 프로필을 보낸 배우 중 많은 이들이 지금은 연기를 하지 않듯이 그들도 이제는 캐스팅을 하지 않을지도 모른다.

오늘은 에이전시를 돌며 영상 프로필을 남겼다. 이날을 위해 4.5kg을 감량하고, 밝은 모습을 기대한다는 관계자들의 조언에 따라 유쾌한 독백 연기를 열 번도 넘게 한 하루였다. 몇몇 곳에서는 오랜만이라며 기억해주는 사람도 있었다. 그들은 예전과 다른 에이전시에서 일하고 있지만, 과거에 함께 했던 광고를 기억하고 있었다. 길을 걷다가 익숙한 건물이 보여 걸음을 멈추고 들어가 보니 에이전시가 있었다. 투어 리스트엔 없었지만 몸이 사무실의 위치를 기억하고 있었다. 꼭 기억해달라고 사정하며 밥 먹듯이 에이전시를 찾아갔던 시절이 떠올랐다.

캐스팅 디렉터에게 연락이 와서 현장에 나가는 상상을 했다. 정장 다섯 벌을 챙겨 새벽 다섯 시 반까지 파주 어디론가 오라는 상상을, 여기저기서 옷을 빌린 뒤 전날 일산의 친구 집에서 하루 신세를 지고 새벽 일찍 일어나 부기를 뺀 뒤 촬영장으로 가는 상상을, 챙겨 온 의상이 든 여행 가방이 민망하게 결국 의상팀이 준비한 의상을 입고 긴장하며 준비한 몇 마디의 대사를 뱉어낸 후 촬영이 시작한 지 삼십 분만에 집으로 돌아가는 버스를 타는 모습을 상상했다. 이런 상상을 하는 것만으로도 숨이 찼다. 현장에 가고 연기를 할 수 있다는 사실만으로도 벅차고 설레던 날들을 지나, 더 큰 역할에 대한 욕심과 이동 거리나 준비물에 대한 피곤함이 먼저 걱정될 때면 오만해진 나를 자책했다. 몇 주 후 방송된 화면에선 몇 마디였던 내 대사가 한 마디가 되어 나왔고, 주변에 알리지 않길 잘했다고 안심을 하며 TV를 껐던 기억이 난다.

무엇이든 열심히 하겠다는 마음보다 잘 할 수 있거나 하고 싶은 역할에 욕심을 부리는 나의 패기가 싫지는 않았다. 다들 겸손하게 감초 조연이 되고 싶다고 얘기하며 웃을 때도 나는 정색을 하며 주인공이 되겠다고 말했다. 우리가 지금 몇 년째 조 · 단역을 전전한다고 해서, 특출난 외모를 가지지 못했다고 주인공이 못 될 이유는 없다고. 연기를 잘하고 매력만 있다면 언젠가 주인공이 될 수 있을 거라고 혼자 얼굴을 붉히며 외치던 날들이 많았다. 누구나 한 번쯤은 주인공을 꿈꿔 볼 수 있으니까. 내 인생 안에서의 주인공 말고 내가 꿈꾸는 세상에서의 주인공을.

소속감이 사라지는 것은 일이 있고 없고를 떠나 외로워지는 일이다. 혼자의 힘으로는 할 수 없는 것들을 인정하고 지금 내가 처한 상황에서 최선을 다하는 프리랜서 신인이 되는 수밖에 없다고 생각하며 애써 몸을 일으켜 바삐 움직이고 나니 한결 머리가 시원하다. 이렇게 매일을 살았던 이십 대의 나날들을 떠올리니 울컥한다. 그때의 나는 어찌 그리 열정적이었나, 게으른 지금의 나와 비교하니 그때의 내가 한없이 기특하다. 몇 년 뒤, 지금의 나를 칭찬해줄 수 있는 미래를 얻기 위해 다시 두 주먹 불끈 쥐고 두 눈을 초롱초롱하게 뜬다. 빛날 날을 꿈꾸며.

걷는 듯 천천히

개인적인 생각은 편하게 쓸 수 있는데, 연기에 대해서 이렇다 저렇다 이야기하는 건 여전히 어렵다. 아무래도 연기라는 일의 깊이가 인간의 생애와 비슷한 시간을 요구하는 것이기에 이제 삼십 대인 나로서는 아직 걸음마 수준이기 때문이다.

영화감독 고레에다 히로카즈의 에세이 〈걷는 듯 천천히〉를 읽다 보니 내가 연기할 때 생각하는 것에 대해 되짚어보게 됐다. 감독은 영화를 만들 때면 '일상생활에서 건져 올린 기억과 눈앞에서 배우들이 전개하는 생활에 대한 관찰을 중시했다'고 한다.

보통 영화 속 명장면을 떠올리면 주인공이 오열하며 분노하거나 어떤 극한의 상황에서 거대한 에너지로 관객을 덮칠 때를 떠올리는데, 고레에다 히로카즈 감독의 영화에서는 그런 부분을 찾기가 어렵다. 개인적으로 고레에다의 영화에서는 두 인물이 다투는 장면보다는 상처를 입은 주인공이 창밖을 바라보는 장면이라던가, 자매들이 한 창에 모여 밖을 구경하는 장면 등이 기억에 남는다. 아마도 지속해서 덜그럭거리던 인물 간의 갈등이 큰 사건 없이 진행되는 이야기의 어느 부분에서 슬며시 풀어지기 때문인 것 같은데, 그런 장면에서 오히려 관객으로서 다양한 감정이 생기게 된다.

나는 여느 블록버스터 영화나 파격적이고 괴팍한 성격의 소유자를 연기하는 것보다 서정적이고 잔잔한 서사의 주인공 연기가 더 어렵다. 그런 인물일수록 정서를 품고만 있고 겉으론 표현하는 일이 적기 때문이다. 고로 그런 캐릭터를 맡게 됐을 땐 성격이나 성향 등이 일상과 생활에서 은근히 묻어나야 한다. 연기를 배우면서 목표를 정확히 해야 한다는 말을 못이 박히게 들었는데, 극작가 안톤 체호프가 '표현하는 인물들은 목표는 뚜렷하지만, 전속력으로 달려갈 의지가 부족한 인물들'이라고 한 이야기를 듣고 혼란에 빠진 적이 있었다. 목표는 뚜렷하지만 달려갈 의지가 부족한 인물들이라니, 목표가 뚜렷하면 그 목표를 달성하기 위해 끊임없이 노력하기 마련인데 수많은 장애물과 두려움 때문에 앞으로 나아가지 못하는 것이다.

그럴 만도 하다. 복잡한 세상 속 다양한 사람들이 모여 살면서 어찌 목표에만 삶을 맞춰 살아갈 수 있겠나. 때로는 잔잔하게 일상을 즐기며 살아가는 것도 행복일 것이다. 살면서 대부분 잊지 못할 에피소드나 터닝포인트가 된 일들을 기억하곤 하지만 사실은 일상은 어떠한지, 일상에서 찾아낼 수 있는 행복은 무엇인지 살필 여유도 필요하지 않을까.

존버에 대한 단상

힘들다는 친구에게는 충분히 잘하고 있다고 한참을 위로해주고 마지막엔 그래도 더 힘내자고 한 번 더 말해본다. 여기서 그만두는 것보다는 힘들더라도 조금 더 힘내는 사람이 됐으면 한다고.

힘들어도 힘내는 사람이 됐으면 좋겠다는 바람은 사실 나 자신에게 하는 응원이기도 하다. 그 이유는 나도 어딘가에는 꼭 필요한 존재이기 때문이다. 다만 아직 알맞은 짝을 만나지 못했을 뿐, 쓸모없는 인간은 하나도 없다는 사실만 믿으면 좌절할 필요가 없다. 하지만 사랑을 받는 데에도 좋은 사람이 되려는 노력이 필요하고 선택을 받는 데에도 좋은 구석을 만들어 나가려는 의지가 있어야 한다.

최근 '존버정신'이라는 말을 많이들 하는데 '존X 버틴다'는 건 결코 쉬운 일이 아니다. 그렇게 버티기 위해서는 그냥 숨만 쉬고 살면 되는 게 아니라 끊임없이 그 바닥에 붙어서 떨어져 나가지 않으려는 노력과 의지가 필요하다. 나아질 것이라는 희망이 항상 샘솟아야 하고 생명을 유지해 줄 숙식비가 필요하며 포기를 앞둔 순간에 날 구원해 줄 소중한 인연의 격려도 필요하다. 그게 바로 그 어려운 '존버정신'이다.

존버가 익숙해질 때 즈음이면 욕심이 조금 생기기 시작한다. 잘 버티고 있으니까 무언가에 도전해볼까 싶은 욕심이 생긴다. 도전에 성공하면 존버의 뿌듯함을 느낄 수 있지만 실패했다가는 잽싸게 존버의 방으로 돌아오게 된다. 그때 도전의 짜릿함을 느낀 사람은 다시 존버로 에너지를 충전한 뒤 또 도전할 수 있다.

존버를 오래 하는 방법 중 제일 효과적인 방법은 단체 존버다. 주변에 '존버인'들을 많이 모아 깔깔대면서 웃다가 울다가 수다를 떨고 집으로 돌아오면 더 나아지고 싶다는 생각이 든다. 그럴 때 도전을 시도해보고 만약 실패하면 다시 존버들과 에피소드를 나누면 된다. 분명히 다 같이 웃으며 위로해줄 것이다. 강한 놈이 오래 가는 게 아니라 오래 가는 놈이 강하다는 〈짝패〉의 명대사를 보면 오래 간 놈이 오랜 시간을 버티며 얼마나 강해졌는지를 알 수 있다. 그게 존버의 핵심이다. 오늘도 존버하자.

어제보다 오늘, 오늘보다 내일 잽 한 번 더 날려본다.
오랜 시간을 버티며 얼마나
강해졌는지 보여주지. 오늘도 존버한다.

뜀박질을 멈추는 순간에

한 가지에 오롯이 집중하지 못하고 삶을 전반적으로 잘 살피지 못하는 상태가 되거나 인간이라면 필수로 해야 할 먹고 자고 싸는 일도 제대로 할 수 없는 상태가 되면 스트레스는 더더욱 차오른다. 하지만 그때가 돼서 원인을 찾아봤자 소용이 없는 것은 원인이 한 가지가 아니기 때문이다. 매 순간 받아온 다양한 스트레스가 켜켜이 쌓이고 쌓여서 온몸의 세포 속으로 퍼져나가고, 어떤 대상을 보게 되거나 특정 상황에 놓이면 그때의 스트레스가 다시 열꽃처럼 피어오른다. 결국, 도대체 왜 이러는지, 왜 화가 나고 눈물이 나는지 모른 채 또 화를 내고 또 울고 만다.

불행은 한 번에 오지 않는다. 불행을 떠올리면 그간 닥쳤던 불안이 한 번에 덮쳐 온다. 차근차근 하나씩 해결할 수 있으면 좋겠지만 한 번에 해결되는 일이 없으니 결국 여럿의 스트레스를 동시에 다스려야 한다. 하지만 나에겐 그럴 만한 능력이 없으니 어느 순간 모든 걸 놓아버리고 만다. 그저 먹고 마시고 자는 것으로 모든 것을 종결하려 한다.

하지만 스트레스는 해소하지 못하면 기필코 끝까지 쫓아와 괴롭힌다. 누가 나에게 주었건 내가 만들었건 생성된 순간부터는 해결하지 않으면 끝을 볼 수 없다. 잊는 것과 해결하는 것은 다르다. "야, 마시고 잊어!"라고 말해주는 친구의 위로는 고맙지만, 사람은 불행하게도 안 좋은 기억을 오래 간직하는 뇌를 가지고 있다. 밤에 잠시 잊어도 낮에 떠오르고, 낮에 잠시 잊어도 밤에 떠오른다.

문제를 해결하려고 곰곰이 생각했다. 걷고, 읽고, 멍하니 앉아서 생각해봤다. 문제와 마주하는 것은 꽤 고통스럽다. 답이 없을 것 같은 문제도 많고 답을 알아도 당장 내 힘으로 해결하지 못하는 일이 많다. 그럴 때면 걷고 또 걸으며 극단적으로 생각해본다. 내가 정말 이 일을 해결 못 하면 목숨을 내놓아야 하는 상황인지, 혹은 정말 해결 방법이 없는 것인지. 아니면 게으른 탓에 그런 노력조차 하기 싫은 것인지.

그렇게 오래도록 파고들다 보면 사실 나는 꽤 많은 문제를 해결할 수 있는 능력을 지닌 인간이고, 침착하게 하나씩 생각해보면 해결할 수 있거나 혹은 꼭 해결하지 않아도 삶에 큰 영향을 미치지 않겠다는 결론을 마주한다. 그것도 아니면 해결하고자 하는 의지도 없는데 불필요한 스트레스를 계속 쌓아온 것이 아닌가 하는 생각에 도달하게 된다.

단번에 성공하는 사람보다 실패가 낳은 좌절을 극복하는 사람으로 사는 것이 앞으로 살아갈 날에 더 큰 도움이 될 수 있지 않을까. 아스팔트 위에 뚝뚝 떨어지는 땀을 흘리고 고개를 드니 맑은 하늘이 보인다.

산대로 말하고, 말한 대로 산다

2009년, 기획사에서 밴드 보컬을 시켜준다고 해서 휴학을 하고 9개월 정도 연습생을 한 적이 있었는데, 들어간 지 얼마 되지 않아 밴드가 해체하는 바람에 데뷔도 못 하고 회사에서 나와 낙동강 오리알 신세가 됐었다. 문제는 휴학 처리도 완료됐었고 처음으로 연예인들을 눈앞에서 바라보며 지냈던 9개월이 인상 깊었는지, 다시 학교로 돌아가거나 여기서 그만두고 싶지 않다는 생각이 들었다.

하지만 현실은 다른 회사를 찾아봐도 나를 필요로 하는 곳은 없었다. 이제 막 시작하는 연기 전공 대학생에, 노래도 잘 못 하는 날 보컬로 쓸 리가 만무했다. 갑자기 학생도 연습생도 아닌 백수가 돼

버린 나는 고민 끝에 결국 입대를 결심했다.

내가 있던 부대는 군사지도를 만드는 곳이었는데 전투부대가 아닌 데다 보직이 정훈병이라 업무시간이 끝나면 조용한 방송실에서 책 읽을 시간이 제법 주어졌다. 그 시절엔 위인전이나 성공담을 읽는 걸 재미있어하던 때라 어릴 때 못 읽은 〈아인슈타인〉이나 〈간디〉부터 〈라이트형제〉나 〈파브르〉 같은 책을 자주 읽었다. 그러던 중 체 게바라의 이야기가 궁금해 도서관에서 찾아봤지만 체 게바라는 혁명가라서 군대에서는 금서라는 답변을 받았다. 그럴 수도 있겠다 싶어 부대 안에서 구하는 건 포기하고 휴가 복귀 날 형 방에 꽂힌 새빨간 〈체 게바라 평전〉을 꺼내 그 위를 〈무비위크〉에서 뜯은 배우의 사진으로 덮어 연기 관련 서적인 척 둔갑시킨 뒤 다른 책들을 같이 잔뜩 챙겨 뭐가 뭔지 모르게 만들고 나서야 마침내 아르헨티나 출신 쿠바 혁명가를 대한민국의 작은 부대 안으로 들일 수 있었다. 읽어보니 진취적이고 거침없는 성격뿐 아니라 독서광인데다 명언도 많이 남긴 그에게 강한 매력을 느꼈는데, 그가 남긴 많은 말 중에 인상 깊은 말이 있었다.

'산대로 말하고, 말한 대로 산다' 얼마나 간단하면서도 지키기 어려운 말인가. '말한 대로 산다'를 지키려면, 이른 아침 졸린 눈을 비비며 "일어나야 하는데…" 라고 뱉는 순간, 그 자리에서 바로 일어나야 한다. '운동해야 하는데', '지금 나가야 하는데' 등등 생각한 것을 내뱉고 바로 실천할 수만 있다면 약속을 잘 지키고 추진력

넘치는 사람이 될 수 있다.

그뿐만 아니라 포부를 지키는 데도 한몫한다. “한 달 안에 6kg 뺄 거야”, “술은 일주일에 한 번만 마시겠어”, “매일 꾸준히 한 시간씩 영어 공부해서 5년 뒤엔 미국에서 일해 볼 거야” 같은 말을 SNS나 친구들에게 자주 언급하며 스스로 동기를 부여하는 것이다. 입 밖에 냈으니 망신을 당하지 않으려면 지키려는 노력이라도 하기 마련이다. 물론 “앞으로 술 끊습니다. 술자리 연락하지 마세요” 같은 말을 밥 먹듯이 하는 사람들이 자주 숙취에 시달리는 모습을 보기도 한다. 말한 대로 사는 게 얼마나 어려운지 쉽게 증명해주는 예다.

‘산대로 말한다’라는 것도 꽤 어려운 일이다. 사람들을 만나다 보면 재미를 위해 자신이 겪은 에피소드에 허풍을 더할 때가 많은데, 잘 쓰면 좋지만 오히려 급조한 말들 때문에 오해를 불러일으키거나 상대방을 불쾌하게 만드는 경우도 더러 있기 때문이다. 작은 허풍과 거짓말만 안 하더라도 꽤 솔직하고 담백한 사람이 될 수 있지 않을까. 얼마 전 방송에서 한 연예인이 미래에 생길 스케줄을 노트에 적어 놓는다는 얘기를 들었다. 두루뭉술하게 올해의 목표, 이번 달의 목표로만 설정해놓는 방법보다 특정 날짜에 기록해놓은 목표가 있는 것이 다가오는 날짜에 맞춰 부단히 노력할 힘을 만드는데 효과적인 방법이다.

'산대로 말하고, 말한 대로 산다'

매 순간을 이렇게 사는 건 어렵겠지만 자신이나 타인들과 크고 작은 약속들을 지켜나갈 수 있다면 꽤 당당해질 수 있을 것 같다.

성공

성공엔 참 다양한 경우가 있다. 시간을 쪼개고 쪼개 하루에 해야 할 일 열 개를 모두 해내서 성공한 사람도 있고, 만사가 귀찮아서 종일 침대에서만 뒹굴뒹굴하다가 우연히 글을 썼는데 소설이 완성돼 성공하는 사람도 있다. 힘든 시간에 시달려 죽음의 문턱까지 갔다가 강한 정신력으로 극복하고 꿈을 이뤄내서 그 주제로 강연을 하는 사람도 있고, 세상을 마주할 용기가 없어 숨어만 지냈는데 혼자 있는 시간 동안 느낀 자기 본연의 모습을 깨닫고 새로운 꿈을 얻어 그 주제로 강연을 하는 사람도 있다. 오직 실력만으로 대결하겠다며 다른 유혹과 요소들을 배제하고 한 우물만 파서 성공한 사람도 있고, 한 분야에 있어 딱히 실력이 뛰어나진 않지만, 그 꿈을 꼭 이루고 싶어서 수십 가지의 다른 능력을 키워 새로운 꿈을 이뤄 성공한 사람도 있다. 기회가 올 때를 대비해 기술과 능력을 꾸준히 연마해서 중요한 순간에 선보여 그 노력을 인정받은 사람도 있고, 자신이 잘한다고 생각했던 부분을 항상 갈고 닦았는데 예상외로 정반대의 능력을 인정받은 사람도 있다.

이토록 세상을 살아가는 방법이나 노력하는 방법도, 잘할 수 있는 일이나 성공하는 방법이 수없이 나뉜다. 그래서 우월감에 빠져 "그렇게 해선 안 된다"던가, "네가 뭘 열심히 했냐" 등의 말로 타인의 인생을 평가해서는 안 된다. 게다가 성공하기 전까진 아부도 떨어보고 교만하기도 했으면서 성공하고 나서는 평생 당당하게 산 척하는 꼴을 보고 있으면 고개를 절레절레 젓게 된다.

박민규의 〈죽은 왕녀를 위한 파반느〉 책에 이런 말이 있다. '세계라는 건 말이야, 결국 개인의 경험치야. 평생을 지하에서 근무한 인간에겐 지하가 곧 세계의 전부가 되는 거지. 그러니까 산다는 게 이런 거라는 둥, 다들 이렇게 살잖아, 그따위 소리를 해선 안 되는 거라구.' 공감이 많이 가는 구절이다. 예전엔 내 생각이 맞다고 우기기 바빠 친구들과 마찰을 겪은 적이 많았다. 지금 생각해보면 내가 잘하고 있다는 확신이 갖고 싶어서 불안한 마음에 타인의 삶을 부정했던 것 같다.

다른 사람의 인생을 끝까지 책임져줄 게 아니라면 이렇게 해라,

저렇게 해라 함부로 얘기하지 말아야 할 것이고, 차선의 방법을 제안해줄 게 아니라면 상대방의 삶을 부정하지 말아야 할 것이다. 타인의 삶과 가치를 존중하여 진심 어린 위로와 응원이 오가는 소통의 세상을 꿈꾼다.

나의 시대

"곧 너의 시대가 올 거야"

도무지 사람이 할 수 없을 것 같던 어시스턴트 생활을 겪은 형은 이제는 큰 스튜디오의 사진작가가 되었다. 오래도록 인생의 산을 오르고 있는 내게 형이 말했다. "사람도 좋지만 자기 자신에게 더 집중해. 우선순위를 정하고 좋은 책을 많이 읽어. 아티스트가 되야지. 힘들고 가난한 날들을 떠나보내는 방법은 두 가지야. 그 생활에 만족하며 살던가, 무슨 수를 써서라도 이를 악물고 이겨내던가."

우리 형제는 성공을 꿈꾸면서 무엇이 필요한지 대화를 많이 나눈다. 부자가 되길 바라며 커다란 집에 근사한 가구들이 있는 삶을 꿈꾸기도 하고, 낭만 있는 공간 속 직접 요리한 음식과 술이 있는 자리에서 나누는 대화에 만족할 줄도 안다. 오늘 찾아낸 신선한 음악을 자랑하며 누가 찾은 음악이 더 좋은지, 요즘 무슨 책을 읽고 있으며 어떤 좋은 구절이 있는지 서로 읽어준다. 다음에 함께 갈 여행에서 무엇을 할 건지, 그 여행 이후 우리의 삶은 어떻게 달라질 건지 말하며 각자 꿈꾸고 있는 미래를 응원하고 격려한다.

다른 욕심을 부리다가도 이런 시간을 갖게 되면 행복이 어디에 있는지 찾게 될 수밖에 없다. 만족은 어디에 있을까, 진정으로 원하는 것은 무엇일까. 무엇을 남기고 싶은가. 아마도 젊은 시절에 이루고자 하는 몇 가지의 목표를 다 이루고 나면 결국 지금과도 같은 시간에 행복을 느끼며 살아가지 않을까. 물론 그 전에 해보고 싶고 해내고 싶은 일이 많기에 부단히 노를 저어야 하겠지만.

하고자 하는 일을 결정하는 기준이 여러 가지 있는데, 종종 누군가 몇십억을 주고 다른 일을 권유한다면 지금 하는 일을 그만두고 평생 다른 일을 할 수 있을지 생각해봤다. 아마 그만두지 않을 것 같다. 그 돈을 받아 다른 일을 하다가 그 돈으로 내가 나오는 영화를 만들겠지.

뚜렷한 목표와 강한 의지, 피나는 노력으로도 마음처럼 되지 않는 일이 더러 있지만, 인고의 시간이 켜켜이 쌓여 더 큰 만족과 성공으로 다가올 것을 상상하는 것만으로도 행복감이 느껴진다. 형과 함께 뉴욕에 가기로 했다. 독립해보겠다고 형과 분가한 뒤 혼자 하는 생활에도 어려움을 겪고 있는 미생의 처지이지만, 여행에서 어떤 것들을 느끼고 올지, 다녀온 뒤의 나는 어떠할지, 작고 소소한 사건 하나하나에도 의미를 부여하는 습관이 있는 나는 기대감에 가슴이 벌써 벅차다.

우주 어디에 있을까

연기를 시작하고 대학에 갔을 땐 연기 잘하는 4학년 선배가 정말 멋있어 보였다. 연기를 잘하던 선배들은 대개 잘 생기지도 않았고 키가 크지도 않았지만, 신입생이었던 나에게 그들의 연기력은 높은 산처럼 느껴졌다. 그때 당시만 해도 연기를 잘하는 배우가 최고의 배우라고, 빼어난 외모나 잡끼는 잠깐이지만 뛰어난 연기력은 언젠가 사람들이 알아주니 연기에 몰두하라는 조언을 듣고 연기에만 매진했었다. 영화에 흥미를 느끼고는 무대보다 매체를 하고 싶었다. 독립영화판에 뛰어들어 최선을 다했다. 매주 프로필을 돌리며 다양한 독백을 준비하고, 기회가 왔을 때 놓치지 않길 바라는 마음으로 매일 연기 연습을 했다.

그러던 중 한 번은 연극 〈에쿠우스〉의 오디션을 보러 갔는데 한 번에 다섯 명이 같이 들어가 순서대로 준비한 독백을 했다. 돌아가며 소개를 하는데 다들 서울에 내로라하는 연극과 출신이어서 심사위원이 “각 학교의 대표라고 생각하고 열심히 해봐요.”라고 하는 바람에 갑자기 학교 대표가 된 기분이라 꽤 긴장했던 기억이 난다. 보통은 오디션이 끝나면 연기가 어땠는지 되짚어보는데, 그날은 함께 오디션을 봤던 다른 배우들의 뛰어난 연기력에 홀려서, ‘세상은 넓고 이렇게 뛰어난 경쟁자들이 많구나. 내가 잘하는 게 아니었구나.’ 생각이 들었다.

그날 이후로 연극 오디션도 자주 보고 다양한 오디션에 도전하며 배우로서 받는 평가를 두려워하지 않고 스스로를 점검하는 데 힘썼다. 그렇게 또 몇 년, 오디션을 보고 떨어지며 고민했다. 직접 영화를 만들어 보기도 하고 인지도가 생기면 좀 나아질까 싶어 해시태그를 붙여 SNS 팔로워를 늘려도 봤다. 1인 방송을 해볼까, 가벼운 이미지가 생기진 않을까, 매일매일 하는 아르바이트는 시간과 체력을 자꾸 빼앗아가는데 돈은 어디서 벌어야 연기에 최대한 방해가 되지 않을까. 어떻게 해야 지금보다 더 나아지고 좋은 역할을 따내 잘 될 수 있을까. 다 때가 있다는 선배들의 막연한 조언에서 벗어나 지금 당장 할 수 있는 일이 무엇일까 하는 고민이 주변을 맴돌았다.

동료들이나 관계자들과 이야기를 나누다 보면 “걔도 뮤지컬 하던 앤데 드라마 나와서 잘 됐잖아"라던가 "연극만 했을 때는 손가락 빨던 애가 드라마 나와서 성공했지"라는 식의 이야기를 듣는다. 어떻게 대답하는 게 제일 좋을까 고민하다 "원래 공연 쪽에선 실력 알아줬어요"라고 답하고 만다. 배우에게 '잘됐다', '성공했다'라는 말은 어디에 편중된 걸까. 연극이나 뮤지컬을 하는 배우는 아직 성공하지 못한 배우가 되는 걸까. 한 선배는 드라마와 뮤지컬 스케줄이 겹쳤을 때 드라마 쪽에서 당연히 뮤지컬 스케줄을 변경해야 하는 것처럼 말해 당황스러웠다고 했다.

유명해지는 것도 좋고, 자주 캐스팅되고 티켓파워가 생기는 것도 좋다. 페이가 높아져 돈도 많이 벌고 나아가 작품을 고를 수 있는 처지가 된다면 배우로서 더없이 행복할 것이다. 하지만 이따금 내가 어디에서 왔는지, 어디에 서 있는지, 어디로 가는지 짚어보는 시간이 오면 혼란스럽기도 하다. 존경해왔던 배우들이 무대 위에 서게 되면 더는 존경스럽지 않아지는 걸까. 천만 관객 영화에 나오고 높은 시청률을 자랑하는 드라마에 등장해야 명품배우가 되는 걸까. 그래서 그런지 원래 무대에서 기량을 뽐내셨던 분들이 매체에서 활동하다 다시 공연하는 모습을 보면 존경스럽다. 무언가를 비난하려는 이야기가 아니다. 배우라는 존재는 관객들 앞에 서야 하기에 잘할수록 더 많은 사랑을 받아야 마땅한데 세상이 꼭 그렇지만은 않은 것 같아서. 그래서 얄팍한 생각으로 연기 연습을 내려놓고 성공에 눈이 멀어 여기저기 손을 뻗어보고 있는 나에 대한 반성문에 가깝다. 열일곱, 그때 내가 하려던 배우는 우주 어디 즈음에 닿아있을까.

재능

지인의 부탁으로 입시학원에 특강을 하러 간 적이 있었다. 성공한 배우도 아닌데 가서 무슨 얘길 하겠느냐 거절했지만, 그게 오히려 좋다며 현실적인 이야기를 해달라고 했다. 그렇게 찾아간 학원 강의실에 들어서자 누군지도 모르는 학생들이 의아한 표정으로 쳐다봤고, 학생들의 박수 소리가 시원치 않자 선생님은 몇 초 나오지도 않은 유명한 상업영화나 드라마 제목을 대며 나를 띄워주었다.

입시하느라 고생이 많다는 심심한 위로로 시작된 특강에서 나는 어설픈 꼰대처럼 보이고 싶지 않아 말하기보다는 질문을 많이 받았다. 학생들은 입시 생활이나 대학 생활이 어땠는지, 자유연기는 얼마나 준비했는지 같은 뻔한 질문을 몇 개 던졌고 난 되도록 구체적으로 대답했다.

그때 저 끝에서 장난기 있어 보이는 학생 하나가 "연예인 누구랑 친하냐"는 질문을 던지자 양옆에서 "누구누구 봤냐", "실물이 어떠냐" 등 진짜로 궁금한 질문들이 쏟아져 나왔다. 곤란한 질문은 대충 얼버무리고 친한 연예인이나 배우들도 나와 비슷한 시간을 보냈다고 답했다. 그들도 독립영화나 공연을 하다가 좋은 드라마나 영화를 만나서 멋지게 기량을 뽐내고 있다고. 나도 곧 그렇게 될 날을 상상하며 하루하루 훈련하고 여러모로 노력하며 살고 있다고. 아마 여러분이 성장했을 때는 더 다양한 길이 열려 있을 것 같은데 나와 비슷한 상황을 겪게 되는 사람은 포기하지 말고 꾸준히 나아갔으면 좋겠다고 말했다. 나도 그 앞에 서서 여러분에게 희망이 되는 존재가 되기 위해 노력하겠다는 말로 마무리 지어가고 있었다.

마지막 질문을 받는다고 하자 다들 쭈뼛쭈뼛하기에 마치고 일어나려는데 한 학생이 우물쭈물하더니 내가 쳐다보자 손을 반쯤 들고는 "연기하신 지 십 년이 넘었다고 하셨는데 힘들어서 그만두고 싶다고 느낀 적은 없었는지 궁금해요."라고 물었다. 학생들이 속으로 내 생활이 힘들 거라고 어림짐작했다는 것을 그제야 깨달았다. 머릿속에서 잠시 할 말을 정리한 뒤 덤덤하게 대답해주었다.

“그만두고 싶다고 생각한 적은 한 번도 없습니다. 그렇다고 연기 그만둘 바엔 죽어버리겠다고 하는 외골수도 아닙니다. 아마 그만둔다 해도 표현하는 일 중에 잘할 수 있고 재미를 느끼는 일을 찾아서 하고 살겠죠. 힘이 드는 순간은 많습니다. 금전적으로 시달려서 원하지 않는 일로 돈을 벌어야 할 때, 주변 동료들이 앞으로 치고 나가서 나만 뒤처지는 것 같아 박탈감이 들 때, 작품을 한 지 오래돼서 배우로서의 정체성을 잃어갈 때 등. 개인적으로 가장 이겨내기 어렵고 벗어나려고 노력하는 부분은 주변의 기대와 내 목표에 성과가 못 미치는 것 같아서 자기 자신을 압박할 때가 가장 힘이 드는 것 같습니다. 정작 연기가 잘 안 풀려서 고통받는 것보다 그 외적인 일들로 스트레스를 받곤 하죠. 저는 신인배우라는 말을 쓴 지 육 년 정도 됐는데, 이 ‘신인배우’라는 말이 꽤 효과적입니다. 부족한 커리어나 감독님이 보기엔 못마땅한 실력도 이 말 하나면 조금 용서가 되거든요. 아마 사람들이 알아볼 대표작이 몇 편 생기기 전까진 이 말을 계속 쓰게 될 것 같은데, 신인이라고 생각하면 시작 단계니까 꾸준히 발전하려고 노력하고 겸손하면 성공한 상태가 아니어도 실망하지 않아도 되니까 좋은 것 같아요. 여러분들도 지금만큼 꾸준히 하면 금방 좋은 배우가 될지도 몰라요. 저는 평생을 돌아봐도 입시 때만큼 열심히 한 시절을 찾아볼 수가 없거든요. 존경합니다. 입시 파이팅”

집으로 돌아와 학생들과의 대화를 되짚어보니 놀고먹고 자고 싸는 일 외에 십 년을 넘게 꾸준히, 그것도 필사의 노력을 해온 일이라고는 연기밖에 없으니 연기를 안 해도 죽진 않지만 근 십 년간 연기 없이 살아본 적이 없다는 것을 깨달았다.

이 삶 저 삶을 살아보기엔 시간이 턱없이 부족한데 단편적으로나마 여러 인생을 경험하게 해주고 무엇이든 익혀놓으면 쓸 데가 있는 직업인지라 공부에 끝이 없어서, 다른 이의 입장과 마음을 헤아려보는 시간을 갖게 해주어서, 어떤 생각과 감정에 깊이 있게 파고들어 삶을 풍요롭게 해주어서 고마운 직업이다. 지치고 지겨울 만큼의 생활임에도 좋은 영화 한 편이면 가슴이 뛰게 해주는 이 일이, 뭐 하나 최고가 되진 못했어도 뭘 하던 평균은 하는 나에게 안성맞춤이라고 느껴졌던 이 일이, 무엇보다 내 속에 있는 무언가를 표현하게 해줘서 감사한 연기라는 일이 별다른 재능 없는 내 앞에 나타나 곁에 있어 줘서 고마운 마음이 드는 날이었다..

어차피

이런 일을 해도 될까, 저런 일을 해도 될까 꿈에 대한 고민을 털어놓는 친구들에게 어차피 하고 싶은 건 언젠가 하게 돼 있고 그만둘 일은 어쩔 수 없이 그만두게 될 것이라고 말해주었다. 미련의 응어리를 도저히 참지 못해서 결국엔 다시 하게 되는 일을 하고 살거라고. 직업이 되진 못해도 취미로라도 그 행위를 하고 살 것이니 할지 말지 너무 고민하지 않아도 된다고. 그래, 라고 대답하면서도 확신이 서지 않아 소주만 연거푸 들이키는 친구 앞에 앉아 있자니 나도 고민에 빠졌다.

정말 하지 않으면 견딜 수가 없어서 해왔던 일들은 무엇일까. 당장 그만두지 않으면 참을 수가 없어서 때려치웠던 일들은 무엇일까. 딱히 떠오르지 않아서 슬프기도 했다. 인생을 너무 막살았는지 기억에 크게 남아있지 않은 일들과 그토록 오랫동안 참고 또 견디며 버텨왔던 그 고통스럽던 날들이 시간이 지나고 나니 별일 아닌 것처럼 생기 없는 삶의 파편으로 남아있다.

'그래, 그만두길 잘했지. 혹은 결국엔 그렇게 해서 좋았지.' 시원섭섭한 말투로 뱉게 되는 한 마디로 과거가 지나가게 둘 수 있었다. 심장을 쿡쿡 찌르던 그 말랑한 고민은 굳은살이 박인 커다란 짐승의 발바닥처럼 단단해졌다. '결국 그런 날들이 있었으니 현재의 내가 있겠지. 오늘 이 순간은 필요하기도 하고 필요 없기도 한 수많은 시간이 뒤섞여 만들어진 것이야. 그때 그런 선택을 하지 않았다면 내 인생은 달라졌을까, 물론 달라졌겠지.' 하면서도 지금 선택을 번복해봤자 내가 상상하던 인생이 지금 올지는 미지수라서 무의미한 상상이었다. 그저 이 순간 해야 하는 선택에 집중하는 수밖에.

선택에 후회가 없다는 말은 사실 후회를 하지 않는다는 것이 아니라 후회는 하지만 후회한다 한들 소용없기 때문에 결국 그 몫을 감당하겠다는 말이다. 감당하면서 다가오는 감정의 소용돌이를 극복해 더 앞으로 나아가는 수밖에 없다는 것을 알기 때문에. 그렇게 후회를 떨치지 않으면 나에 대한 책망으로 뒤덮이기 때문에. 내기도 걸지 않은 가위바위보 하나를 해도 이기려는 심리를 지닌 인간이 어찌 성과와 승리에 대한 집착을 버릴 수 있을까. 패배때문에 원래 예정에 없던 승부임에도 상실감을 느끼고, 좌절하고, 아파한다. 그러니 침대에 누워 매일같이 성공을 상상하며 잠들었던 이가 지닌 꿈이 무너지는 것은 얼마나 고통스러운가. 좌절한 다음 날에도 그 희망을 버리지 못하고 또 묵묵히 해나가야 하는 현실이 원망스럽기도 하다. 그래도 다행인 것은 그 무기력은 희망보다 약해서 꿋꿋하게 꿈을 그리며 움직이게 된다는 것이다. 성과가 생기지 않는 노력에 계속 보상을 받지 못하는 것만 같아 꿈에게 단단히 삐쳐 다른 일로 시선을 돌리기도 해보지만, 결국엔 꿈꾸던 존재로 인정받고 싶은 욕구가 목 끝까지 올라 찬다.

이토록 꿈에게 화가 나도 되는 걸까, 열분이 차올라 딱 한 번만 속 시원히 쥐어패고 싶다는 생각에 한참을 혼자 씩씩대다가 결국엔 그래도 잘하는 수밖에 없다고 생각하며 다시 대본을 펼칠 뿐이다. '그래, 잘하는 수밖에 없지. 내가 너 하나를 잘하려고 얼마나 수많은 일을 하고 시간을 쏟고 돈을 버는지 알면 넌 나한테 이렇게 못 해.'하고 서운해하면서 또 대본을 본다. 적어도 그만두고 싶어서 난 화가 아니라 다행이라고 토닥이며 더 대단해 보이거나 괜찮아 보이려고 하지 말고 어차피 살아야 할 날들이라면 글 속에서라도 나약하고 솔직한 인간이 되어 삶을 정면으로 마주하자고. 조금 느려도 부단히 노력하는 인간으로 살아가려고 투정 한 번 부려본다.

좋아하는 일

좋아하는 일과 잘하는 일에 밸런스를 맞추자면, 좋아하는 일에 초점을 맞추는 편이다. 소질이 있어 시작한 일이 잘하는 일이 되고, 주변에서 인정받으면 기대에 부응하기 위해 계속해내야 하는 날이 온다. 만약 그런 순간에 내가 왜 이 일을 하고 있는지, 좋아하지도 않은 일로 부담을 느끼며 살아가야 하는지 회의를 느끼게 된다면 그 일을 계속할 수 있을까.

그래서 일을 선택할 때 가장 중요한 척도는 '내가 원하는가?'다. 물론 좋아하는 일로도 회의감이 들고 부담을 느끼는 날이 올 수 있지만 잘하는 일과는 달리 좋아하는 일을 계속할 수 있게 만드는 힘은 원하는 것을 포기할 수 없게 만드는 어떤 기분이다. 좋아하는 일에 어느 정도 재미가 들리면 더 하고 싶다는 마음보다는 하지 않고는 도저히 살아갈 수 없을 것 같은 기분이 강하게 든다. 마치 중독된 것처럼 계속하고 싶은 마음이 강력하다. 그러니 힘들어도 결국 또 해나가는 수밖에 없다.

좋아하는 일이든 잘하는 일이든 계속해야 한다면 힘든 난관들을 잘 이겨내야 하는데, 간절히 원하는 일 하나를 하기 위해선 원하지 않는 일 수십 개 정도는 해야 한다. 몇 달을 백수처럼 지내고 돈을 벌기 위해 원치 않는 일을 하면서도 진짜 원하는 일이 잡히면 잘하고 싶다는 마음이 들끓고 설레는 마음을 추스르기가 힘들다. 가슴 한편에 조용히 숨죽이고 있던 희망이 폭발하는 느낌. 살아있다는 존재감이 피어오르면서 힘든 순간들이 단숨에 잊힌다.

좋아하는 일이란 그 일을 못 하게 되는 순간마저도 극복하고 싶어 발버둥 치게 되는 일, 완전히 지친 상태에서도 다시 일어날 수 있는 강한 의지를 주는 일, 힘든 순간에도 포기라는 단어를 생각하면 가슴이 저릿해 결국 다시 하게 만드는 일, 적당히 해서는 남은 생에 두고두고 아쉬움이 남을 일들이다. 나는 그런 일을 하며 살고 싶다.

좋아하는 마음 하나로 시작했지만 잘하려는 노력으로 성과를 이뤄낼 때와 가슴 속에 오래도록 품어온 꿈이 업이 되어 먹고 살아갈 수 있을 때, 나의 세상이 변화해가는 과정을 그 중심에 서서 하나하나 꼭꼭 씹어가며 느끼고 싶다.

하고 싶은 일을 자주 선택할 수 있는 삶이 행복한 삶이 아닐까. 행복한 삶을 위한 선택 속에서 생기는 고통은 슬픔보다는 어려움이라고 표현하고 싶다. 그 수많은 어려움을 슬기롭게 극복해낸다면 좋아하는 것들로 가득한 삶 속에서 살아갈 수 있을 것이다.

만화책 주인공처럼

어려서부터 만화책을 보고 상상하기를 좋아했다. 하늘을 날거나 갑자기 힘이 세지고 엄청난 악당을 물리치는 상상들. 〈드래곤볼〉, 〈슬램덩크〉, 〈20세기 소년〉, 〈나루토〉, 〈원피스〉, 〈열혈강호〉, 〈미스터 초밥왕〉, 〈더 파이팅〉 등 아직도 기억이 선명한 작품들의 명장면들을 다시 보고 있자면 지금도 가슴이 웅장해진다.

좋아하는 작품들에 공통점이 있다면 주인공은 초반에 평범한 소년이거나 커다란 결핍을 지녔고, 성장하는 과정을 통해 어려움을 극복하곤 한다. 항상 자신보다 강한 상대와 싸우며 지기도 하지만 극한의 수련을 통해 그 벽을 뛰어넘는다. 평범한 주인공이 아무 능력도 없이 성장할 수는 없다. 악당이나 라이벌에게 엄청난 힘과 능력이 있다면, 주인공에게는 숨겨져 있던 재능과 그 재능을 찾아주는 스승이나 선배가 곁에 있다. 그리고 재능을 찾고 나서는 무서운 속도로 흡수하고 발전하는 가능성과 위기가 닥쳤을 때 도움을 주는 동료가 있다. 또한, 그런 소중한 사람들을 지키려는 마음을 지녔고 패배 앞에서도 지치지 않는 근성과 끈기가 있다. 무엇보다 본인이 하는 일을 너무나도 즐거워한다.

주인공들은 목숨이 위태로운 상황에서도 웃는다. 험난한 시련이 닥쳐도 포기하지 않겠다는 신념과 의지를 불태우고 뜻을 굽히지 않는다. 악당 혹은 라이벌은 대부분 끝까지 영생이나 권력, 정복 등 뚜렷한 목표를 추구하는 반면 주인공은 의외로 다른 것들을 꿈꾸고 얻는다. 최고가 되지 못하더라도 동료들과 함께한 추억과 연대, 지쳐 쓰러지는 순간에도 다시 일어날 수 있게 하는 삶과 꿈에 대한 소중함, 사랑하는 사람들을 잃는 것에 대한 아픔, 고난을 극복할 수 있게 주고받는 용기와 위로, 복수보다는 포용과 화합, 현재뿐만이 아니라 미래를 지키려는 노력 등을 배운다. 나는 그런 장면들을 보면서 뜨거운 눈물을 흘리곤 한다. 주인공이 최고가 되고 승리했을 때가 아니라 극한의 상황에서도 무언가를 지키고 포기하지 않으려는 마음을 느낄 때 뜨거워진다.

손흥민 선수가 멋진 골을 넣고, 김연아 선수가 고난도의 기술에 성공했을 때 그 성공이 기뻐서 울거나 메달이 감격스러워 우는 게 아니라 그들의 표정에 묻어나는 그간의 노력에 감동한다. 긴 세월 동안 한길만 바라보고 얼마나 많은 시간을 훈련해왔을지, 지치고 배고프고 졸리고 괴롭고 숨이 차오르고 구박받고 불안했던 시간과 기대에 미치지 못해 몇백몇천 번 자신을 다독이며 일어났을 그들의 의지를 생각하면 눈물이 난다. 매번 우승과 승리를 쥐지 못하더라도 박수를 보낸다. 그 노력을 알기에, 포기하지 않고 또 꿈을 꾸기 때문에.

누구나 살아가면서 한 번쯤 최고가 되는 상상을 한다. 하는 일의 정상에 오르고, 부자가 되고, 원하는 것을 마음대로 누리는 인생을 꿈꿔 봤을 것이다. 세상에 몇 없는 그 자리에 모두가 앉을 수는 없겠지만 만화 속 주인공들처럼 꿈을 꾸는 과정에서 이미 수많은 꿈을 이루고 있지 않을까. 실패하고 실수해도 다시 일어나서 꿈을 꾸며 살아갈 의지를 지니는 것이 바로 꿈이 아닐까.

잘하고 싶은 마음

좋아하는 일을 잘하는 건 어렵다. 잘하는 일이라고 해서 무조건 좋아하는 일이 되는 것도 아니다. 좋아하는 일을 잘하려고 하다 보면 포기하고 싶은 순간들이 생긴다. 몇몇 좋아하는 일들을 그렇게 포기했다. 생각만큼 잘하지 못해서나 좋아한다면서 최선을 다하진 않아서, 칭찬받지 못해서나 힘든 순간에 그 이상 힘을 내지 못해서 포기한 일들이 있다.

학창 시절, 육상대회에 나갔을 때 더는 힘들 것 같아 속도를 늦춰 순위권이 아니라 선두그룹에도 들지 못한 적이 있었다. 결승선에 도착하자마자 바로 쓰러질 거라 생각했었지만 생각보다 더 많이 걸을 수 있었다. 다리에는 힘이 남아있었고 멎을 것 같던 숨은 정상적으로 붙어있었다. 그날 스스로 한 포기를 잊지 못한다. 남몰래 연출했던 단편영화도 있다. 열악한 상황에서 공부가 부족한 상태로 만든 영화였지만 직접 만들었다는 생각에 가슴이 벅차 애정을 갖고 완성했다. 물론 어느 영화제에서도 초대받지 못했다. 부족함을 알고 있었음에도 인정받지 못했다는 게 괜히 분해서 열심히 완성한 파일을 컴퓨터 깊은 곳에 넣어두고 다시는 영화를 만들지 않았다.

작가 김연수는 에세이 〈청춘의 문장들〉에서 '완전히 소진되고 나서도 조금 더 소진될 수 있는 일을 하고 싶었다. 내가 누구인지 증명해주는 일, 나를 행복하게 하는 일, 견디면서 동시에 누릴 수 있는 일. 그런 일을 하고 싶었다.' 라고 말했다. 완전히 소진되고 나서도 조금 더 소진될 수 있는 일, 최선을 다하고도 더 열심히 하지 못한 후회가 찾아오는 일을 하고 싶다. 후회 때문에 다시 하고 싶고, 만족을 느끼지 못해 끝없이 노력하게 되는 일, 잘하려는 고민으로 머리가 터질 것 같아도 마쳤을 때의 희열이 몇 배가 되어 다시 도전하게 되는 일.

기타노 다케시는 〈생각 노트〉에서 '어느 쪽 인생을 선택하겠느냐고 스무 살의 나에게 물었다면, 괴롭든 어떻든 뜨거운 인생을 선택하겠다고 대답했을 것 같다. 인생을 한 번 더 산다 해도, 역시 나는 몇억 도의 고온으로 활활 타오르는 삶을 선택할 것이다.'라고 말했다. 그는 다시 돌아오지 않을 청춘을 예찬하고 에너지가 넘치는 젊음을 그리워했다. 열정이 넘치는 시절만큼 살아있다는 느낌이 드는 순간은 없었을지도 모른다.

마냥 즐기려고 시작한 일은 어느 순간 좋아하는 일이 되었고, 단순히 좋아하는 걸 넘어서 잘하려고 하는 욕심이 생기면 그때부터는 고통이 따른다. 하지만 그 고통은 긍정적인 고통이기에 이겨내고 나면 다시 한번 도전하게 만들고, 고통과 동시에 쾌락을 동반하기에 양자택일의 선택 앞에서 고민하게 된다. 고민을 통해 성장한다고 믿는다. 성과를 좇다 얻은 성장 덕에 다음 성과를 또 좇고, 그 과정에서 생기는 경험과 성장들이 나를 견고하게 만든다. 힘들다고 생각하면서도 조금 더 힘을 내보자고 자신을 달랜다.

최고

자신을 사랑하고 자존감을 높이라는 메시지가 유행하고 있지만, 삶에 실질적인 변화가 오지 않는다면 그것들은 순간의 응원으로 휘발되고 말 것이다. 변화는 마음으로부터 행동까지 얼마나 연결할 수 있느냐에 달렸다. '나는 행복해', '나는 최고야' 같은 주문을 스스로 걸다가도 그만큼 실력이 발휘되지 않거나 뜻하던 대로 이루어지지 않으면 금세 실망하게 된다.

그나마 굳건한 의지로 꾸준한 노력을 하는 동안 쏟은 시간이 위로를 준다. 열심히 해도 안 되고 대충해도 안 될 땐 대충 하는 게 더 편할 수 있지만, 고민 없는 행동이 불러온 결과는 비교적 얻을 수 있는 것이 적다. 그러니 또 머리를 쥐어짜고 몸을 바삐 움직이며 고생하는 수밖에 없다.

꾸준히 노력하는 일은 지겹고 성과가 나타나지 않는 일은 답답하다. 높은 목표를 지녔다면 그만큼 실망할 일이 자주 있다. 좌절을 자주 극복하는 것이 나약한 자존감이 해야 할 최대의 숙제다. 어제는 집중이 잘 안 돼서 연습을 제대로 못 했다. 결국, 연습을 접고 잠을 청했다. 눈을 뜨자마자 후회했고 오디션을 보러 가는 내내 초조했다. 결과가 좋지 않더라도 온전히 내 탓이니 자신을 나무라고 타일렀다.

잘한 일이 있을 때나 잘못한 일이 있을 때마다 기록해둔다. 칭찬과 자책을 번갈아 적어가며 어떤 한 달을 보냈는지 살펴본다. 당시에는 가슴 뛰게 벅찬 일이었는데, 지나고 나면 성과도 잘못도 유달리 대단한 일이 아닌 일도 있다. 최선을 다해 준비했으면 그만이다. 최선이 반복되면 최선이 익숙해지고, 더 높아진 최선의 벽을 자주 허물다 보면 최고에 가까워져 있을 것이다.

돈이냐 꿈이냐 그것이 문제로다

서른이 넘으니 하나둘 연기를 그만두려는 동료들이 많다. 보고 싶은 가족 얼굴 보러 차 막히는 명절에 먼 길 갔더니 돌아오는 길에 얻은 건 언제까지 이리 살 것이냐는 잔소리뿐이라니 그럴 만도 하다. 게다가 바이럴 광고니 독립영화니 나이 지긋하신 어른들은 알 턱이 없으니 나름 잘 먹고 잘살고 있는데도 텔레비전엔 대체 언제 나오냐는 말만 듣고 오기 마련이다. 그 누가 걱정 없이 살겠냐마는, 점점 나이 들고 아픈 데가 많아지는 부모님 얼굴 보고 온 친구들이 이제는 인간답게 살고 싶다고 한다.

"친구야, 너는 태어날 때부터 인간이었다. 너를 너무 나무라지

말아라. 적더라도 열심히 돈 벌고, 누가 뭐라 해도 하고 싶은 일 꿈꾸며 사는데 꿈 한 번 꿔보지 못하고 점수 맞춰 대학 가고 스펙 맞춰 입사해 매달 들어오는 월급을 끊지 못해 월요일이 두려운 사람들보다야 즐겁게 사는 거 아니겠니. 꿈을 돈이라 여기며 부자처럼 살아보자꾸나."

요즘 작품이 없어 벌이를 위해 알바를 시작했다며 쑥스러워하는 친한 이에게, 과한 응원이 되려 민망하게 할까 싶어 겉으론 덤덤하게 응원하고 마음속으론 물개박수를 쳤다. 연기로만 돈 벌고 싶은 마음이야 나도 굴뚝 같지만 벌 땐 많이 벌다가도 일이 없으면 땡전 한 푼 못 버는 직업이니 하는 수 없을 때가 있다.

그래도 곧 죽어도 예술 하겠다는 이들은 예술만 계속할 수 있다면 뭐든 할 수 있다. 한 우물만 파도 모자랄 판에 투잡이 웬 말이냐고 한다면 천하의 프란츠 카프카도 보험회사에 다니며 밤마다 틈틈이 글을 썼다. 두 개의 직업이 꼭 본업에 방해가 되는 것도 아니고 보험사 직원이었기에 관료제나 자본주의로 발생하는 소외현상에 관해 이야기할 수 있었으니 경험이 많으면 많을수록 좋은 배우라는 직업은 다른 일을 해보는 게 이득이 아닐 수 없다. 물론 갑자기 잡히는 촬영이나 오디션 때문에 시간을 조율하는 것이 여간 까다로운 것이 아니나 그렇게 문제를 해결해나가는 능력까지 생기니 긍정적으로 생각하면 일거양득이다. 그러니 먹고 살자고 다른 일 하는 예술가들은 모두 당당하게 고개를 들자.

작가 김훈 선생이 그랬다.

"나는 밥벌이를 지겨워하는 모든 사람의 친구가 되고 싶다. 친구들아, 밥벌이에는 아무 대책이 없다. 그러나 우리들의 목표는 끝끝내 밥벌이가 아니다. 이걸 잊지 말고 또다시 각자 핸드폰을 차고 거리로 나가서 꾸역꾸역 밥을 벌자. 무슨 도리 있겠는가. 아무 도리 없다."

친구야,
꿈을 돈이라 여기며
부자처럼
살아보자꾸나!

불가능한 꿈 하나

꿈자리가 좋아 오늘은 좋은 날이 될 것 같다고 생각한 날이 있었다. 그날은 기분 좋은 일과 기분 나쁜 일이 모두 일어났는데, 나쁜 일을 빨리 해결하기 위해 좋은 일은 신경 쓰지 못했던 것 같다. 나쁜 일을 해결하고 마음이 편안해지고 나서야 좋은 일을 신경 쓸 수 있었다. 문제가 없었던 게 아니라 있던 문제를 해결했을 뿐인데 그날이 유독 운 좋은 날처럼 느껴졌다. 아, 나쁜 일을 해결한 것도 상황을 더 좋게 만든 일이니까 좋은 날이 된 것은 맞다. 나쁜 일이 한 번도 일어나지 않는 인생은 없을 테니 자주 일어나는 나쁜 일을 나아지게 만드는 능력이 위기를 기회로 만드는 능력인가.

신기하게도 나에게 고민을 털어놓는 사람들이 많다. 서른 즈음이 되어서야 연기를 하고 싶다는 동생부터 회계사를 준비하고 있었는데 불합격해서 다시 도전하려고 보니 왜 이걸 하려고 하는지 몰라서 멈춰 선 사람도 있다. 그 친구들이 하는 말은 대개 비슷했다. 친구들은 결혼하고 돈 잘 버는데 직장 하나 없이 나이를 먹는 게 두렵다, 누가 뭐라고 하는 건 아닌데 사람들을 만날 때마다 위축된다, 오랫동안 준비한 일이 무너지니까 다른 일에 도전하는 것도 두렵다고들 했다. 물론 나도 오디션에서 탈락하면 슬프고, 주변 동료들은 하나둘 스타가 되는데 나 혼자 몇 년 전과 다를 바 없이 머물러 있는 느낌이 들 때면 위축되고 무기력해지기에 십상이다.

그럴 때면 기운을 되찾으려는 나만의 방법이 있다. 그 노력은 꽤 소박한데, 스케줄 노트에 그날의 사소한 목표들을 기록하고 체크해나가는 것이다. 예를 들면 여덟 시 반에 일어나기, 아홉 시 반까지 운동하기, 열두 시에 점심 먹고 바로 설거지하기, 영 단어 스무 개 외우기 등이다. 이런 사소한 목표들의 공통점은 오랜 시간이나 큰 노력을 투자하지 않아도 의지만 있다면 반드시 이룰 수 있는 것들이다. 온전히 내가 하겠다고 마음먹으면 실패할 확률이 없는 일들.

나는 그렇게 사소한 여러 개의 목표에 동그라미를 쳐가며 날이 지날수록 조금씩 더 어려운 목표들을 설정한다. 할 수 있는 일들이 많다는 것을 깨닫고, 목표의 수가 많아지고 그 난도가 높아져 엑스

표가 조금씩 생겨날 때면 다시 실패보다 성공의 비율이 높은 생활을 유지한다. 그렇게 조금씩 회복되는 자존감을 느끼며 작은 성공들에 기뻐하다가 어느 순간 다시 큰 꿈을 하나 품는다. 희망을 얻고 욕심을 갖게 된다. 실패해도 다시 일어서는 방법을 알면 실패가 포기는 아니니까.

가수 이효리가 뉴스룸에서 했던 말이 기억난다. "가능한 것만 꿈꿀 수 있는 건 아니잖아요?" 꿈은 원래 현실이 아니라 꿈인데, 꿈을 못 이뤘다고 해서 현실이 지옥인 것처럼 느낄 필요는 없다. 꿈을 꾸는 시간 동안 그걸 이루기 위해 쌓아온 노력은 그 일을 포기했다고 해서 사라지지 않는다. 반드시 다른 방면으로 삶에 보탬이 될 것이다. 나는 오늘도 불가능한 꿈이나 하나 더 꾼다.

밤

수중에 돈 백만 원이 없어서 허덕이다가도 내 영화를 좋게 봤다는 한 사람 덕분에 가난을 잊고, 절망에 빠진 자신을 위로하는 글을 썼더니 내 글을 읽고 희망을 얻었다는 몇 사람 덕에 고독을 잊는 삶. 그래서 다시 영화를 찍고 글을 써야 하니까, 또 열심히 살아갈 수밖에 없다고 다짐하는 밤.

악몽

악몽을 꿨다. 아니, 길몽이라고 할 수도 있겠다. 모두가 웃고 떠드는 촬영장에서 감독님과 나만 모니터 앞에서 심각했다. 진지한 표정으로 "한 번만 더 하면 안 될까요."라고 말하자 적당히 끝냈으면 좋겠다는 투로 사람들이 짜증을 냈다. 감독님과 나는 사람들의 눈치를 살피며 잠시 고민했지만 끝내 한 번 더 찍기로 했고, 오케이 사인을 외치던 감독님은 조용히 내 손을 꽉 쥐었다. 촬영이 끝나고 대기실로 돌아가 짐을 챙겨 집으로 가는 길 내내 '한 번 더 찍길 잘했어, 한 번 더 찍길 잘했어.' 하고 주문이라도 외듯이 중얼거리다가 깼다.

내 안부를 묻는 사람들에게 "작품은 없고 간간이 광고 찍으면서 지내"라고 답한다. 광고가 별로라는 말은 아니다. 짧은 시간 내에 브랜드의 긍정적인 효과를 발휘해야 하는 광고와는 다르게 시간을 써서 이야기와 역할에 조금 더 충실해야 하는 영화나 드라마가 주는 충만이 있기 때문이다. 그래서 나는 광고를 찍어 돈을 벌고 일을 하면서도 배우로서 채워지지 않는 결핍을 지니고 있다.

현장에는 각양각색의 사람들과 태도가 존재하는데, 현장을 온전히 책임져야 하는 사람들을 가만히 보고 있으면 딱히 할 게 없다고 눈을 비비던 나를 다그치게 된다. 누군가는 이 현장 하나에 자신의 커리어와 명예를, 혹은 목숨을 걸고 일하고 있기 때문이다. 그러니 대충 어떻게 하루를 넘기려는 태도는 스스로도 부끄럽고 보는 것도 괴롭다. 〈방구석 1열〉이라는 프로그램에 배우 전도연이 나온 것을 봤다. 아마 대한민국의 배우라면 그녀를 한 번쯤은 존경했을 것이고, 더군다나 여성 배우라면 그녀가 맡아 왔던 역할들을 부러워하지 않을 수 없을 것이다. 물론 농담으로 던졌겠지만 영화 속 인물의 대사를 흉내 내는 사람에게 "그렇게 가볍게 하면 안 되는 대사예요."라고 말하는 그녀와 칸의 여왕이라는 수식도 본인이 해 온 일이고 그걸 깨는 것도 본인의 몫이라며 앞으로도 좋은 작품에 출연해 의미가 있든 없든 계속해서 의미를 찾아가는 것이 목표라는 말을 듣고 눈가가 시렸다. 무엇 하나 허투루 하지 않는 사람, 무엇이 필요한지 정확히 파악하려 노력하고 부족함을 채우려고 스스로를 괴롭히는 사람이 있다면 그녀가 아닐까 생각했다.

영국에서 뮤지컬 〈오페라의 유령〉이라는 엄청난 작품을 보고 배우라는 꿈을 갖기 시작해 입시 때에는 연기가 뭔지 잘 모르겠다며 나자빠져 울기 바빴다. 대학에 가서는 선배들의 무대를 만들며 좋은 배우가 되겠다고 이를 갈고 밖에 나와서는 작은 미러리스 카메라와 손바닥만 한 LED 조명 앞에서 울고 죽고 죽여가며 단편영화를 찍었다. 누가 시켜주지 않아 직접 쓰고 연기해 빈 무대 위에서 연극을 올렸다.

열 명 남짓 되는 사람들과 그 작은 모니터 앞에서 좋네 마네 아쉽네를 논하며 뭐가 문제인지 머리를 싸매느라 고생했던 시간과 무대를 제작할 돈이 없어 상상력과 에너지로 무대를 채우려고 노력했던 시간들을 멀리서 바라보면 우습고 허접할 수도 있겠다. 하지만 진심으로 마음을 다해 고민했던 시간이 이토록 그리운 건 지금 내가 변했기 때문일까. 누구나 살 궁리를 먼저 한다. 먹고 살아야 또 무얼 하고 꿈을 꾸니까. 그러나 부럽고 부끄러운 것은 사실이다. 삶을 깎아 먹으면서도 사연 있는 인간의 말 한마디를 궁리하는 배우들을 보고 있노라면 부끄럽지 않은지 스스로 묻고 싶다. 적어도 미래의 나는 현재의 나에게 부끄럽지 않은 배우이고 싶다. 촬영이 끝나면 감독님이 조용히 다가와 손 한 번 꽉 잡아주고 가는 배우가 되고 싶다.

여백

그는 그 부분을 굳이 그리지 않음으로써 자신이 그리고자 하는 것을 한층 부각시켰다.

– 〈기사단장 이야기〉, 무라카미 하루키

한동안, 마치 잡식동물이라도 된 것처럼 모든 것이 도움이 될 거라고 가리지 않고 익히고 받아들이는 시간들을 보냈다. 일이든 사람이든 부탁이든 조언이든 어적어적 씹어 삼켜가며 자양분으로 만들고자 노력했다. 하지만 그렇게 과식을 하고 나니 결국 안에서 탈이 나기 시작했고, 오랜 시간 동안 간직해왔던 것들을 하나씩 뱉어낼 수밖에 없었다. 고통스러운 마음으로 그것들을 토해내는 순간에도 얻고자 했던 것들을 포기하는 건 아닐까 싶어 손으로 주워 담아보려 했지만 할 수 있는 일이라곤 손가락 사이로 흘러 내려가는 의미 비슷한 것들을 지켜보는 수밖에 없었다.

소화 능력이 이제는 어린 시절 같지 않다. 마음이야 건강을 유지해 다시 또 열심히 섭취하고 싶지만 몸이고 마음이고 따라주질 않는다. 예전엔 하고 싶은 것도, 해야 할 것도 많아 시간을 쪼개고 쪼개 하루에 몇 군데씩 돌아다니며 배우고 익히다 보면 만능이 되어있을 줄 알았다. 하지만 정작 시간이 지나고 돌아보니 다양한 것들을 적당히 할 줄 아는 평범하고 특색 없는 인간이 되어있었다. 그 시기를 보내고 결심했다. 많은 것들을 포기하는 삶을 살아야겠다고. 정말 하고 싶은 일만 하고 마음이 가서 몸이 자연스레 따라가는 일을 하며 살자고. 열 가지 일을 다 수월하게 해낼 수 있는 능력자가 아님을 인정하고 한두 가지만이라도 제대로 해내는 사람이 되자고. 다른 건 다 못 해도 하나만큼은 누구보다 잘 해내는 인간이 되자는 마음으로.

하지만 덜어내는 일 중에도 쉽고 어려운 것이 나뉘어 있는데, 일이나 물건이야 마음대로 포기하고 내다 버릴 수 있지만 사람은 그렇지 않았다. 사람과 사람 사이에는 눈에 보이지 않는 커다란 유대감이라는 것이 존재해 삶에 방해가 된다 한들 일방적으로 접어두는 일이 여간 어려운 것이 아니다. 어찌 됐든 일이고 물건이고 사람이고 한동안 덜어낼 만큼 덜어냈다 싶은데도 아직도 벅찬 느낌만 가득하다. 도대체 얼마만큼이나 떠나보내야 하는 걸까. 이렇게 한 해 한 해가 지나 나이가 들다 보면 결국 나도 어른들처럼 외롭고 고독한 마음으로 살아가게 되는 걸까 두려움도 든다. 결국 오늘 하루도 여백을 만든다. 덜어내는 하루를. 내가 그리고자 하는 것을 한층 부각하기 위해서.

다시 두 주먹 불끈 쥐고
두 눈을 초롱초롱하게 뜬다.
빛날 날을 꿈꾸며.

쓸모없는 일

긴 시간 백수로 지내다 보니 나도 몰랐던 특이한 능력을 발견하곤 한다. 할 일없는 아침, 옥상 소파에 앉아 하늘을 바라보고 있노라면 그 능력이 십분 발휘된다. 옆 골목 공사장 소리와 큰길 도로 위의 경적, 그리고 내가 틀어놓은 활기찬 음악이 엇갈려 들리고, 높고 파란 하늘과 그사이에 차갑게 서 있는 아파트들, 그리고 또 그 앞을 삐죽삐죽 가리고 있는 빨랫줄과 그 위에서 흔들리는 빨래들이 한눈에 들어온다. 다소 어지러운 풍경 속에 매일같이 앉아있다 보니 듣고 싶은 것과 보고 싶은 것들에 우선순위를 두고 자체적으로 볼륨과 시야를 조절해가면서 나름의 조화를 만들 수 있어, 더는 시끄럽거나 지저분하다고 느끼지 않게 되었다.

인생도 어디에 집중하느냐의 차이로 원하는 것들은 가까이 느끼고, 불필요한 것들은 멀리 둘 수 있지 않을까. 청소년과 청년층을 위한 공연을 만들어볼까 해서 SNS와 관련된 이야기를 쓰고 있다. 쓰면서 평소에 문제라고 생각했던 SNS의 성질이 여럿 등장하는데, 그중에서도 가장 무서운 것이 본인이 하는 일에 동참하지 않는다고 해서 그 사람을 비난하는 일이다. 동참해주지 않아도 응원해주는 이가 있으며, 응원해주지 않아도 묵묵히 지켜봐 주는 이도 있다. 행여 팔로우나 좋아요를 누르지 않는다고 하여 그가 나를 인정해주지 않거나 무시하고 있다는 착각에 빠져 실제의 관계가 멀어진다면 그것이야말로 SNS의 폐해가 아닐까. SNS라는 것이 내 주변 대부분의 일상을 알면서도 정작 당장 커피 한잔하자는 전화 한 통 하기가 어려운 사이들 아닌가. 그런 것들을 모두 떠나, 나는 항상 소중하다는 것을 느끼며 테이블 위에 놓인 손등을 따뜻하게 덮어주는 친구와 함께 각자가 하는 일에 자긍심을 갖고 꾸준히 해나가는 것이 제일이다.

내가 경험한 것들 안에서만 판단하려고 하다 보니 오해를 많이 산다. 경험하지 않은 것들에 대해 왈가왈부하거나 타인의 가십거리로 이야기가 이어질 때, 적어도 내가 경험한 것 안에서만 이야기하려니 특정 집단에서 그편이 되어주지 못해 자주 소외되거나 차가운 인간 취급을 당하곤 한다. 때로는 몰라도 아는 척, 알아도 모르는 척을 하고, 뒷담화든 앞 담화든 필요한 순간이 있다는 것을 알고 있지만, 내가 그 사람과 똑같은 인생을 살아왔다 한들 절대 그의 삶을 완전히 이해할 수는 없기에 더욱 조심스러워진다.

쓸모 있는 일, 사랑받는 일, 행복해지는 연습만 하며 살아왔다는 생각이 부쩍 늘어, 쓸모없는 일, 사랑받지 않아도 할 수 있는 일, 불행해도 살아갈 수 있는 연습을 하기 시작했다. 인생이란 게 얼마나 비루하고 징그러운가. 나태하고 지저분하고 때로는 구질구질하며 궁상을 떠는 것도 우리의 인생임에도 현대인들은 타인에게 인정받지 못하거나 실패라는 잣대 앞에 너무 많이 위축되어 있다. 그저 이것도 인생, 저것도 인생이라고 생각하며 훗날 나의 일기장에 내가 하고 싶은 대로 꽤 많은 시간을 살아왔다 할 수 있으면 충분하다는 생각이 드는 요즘이다.

변화

연기가 아니면 안된다는 생각으로 살던 이십 대의 나와 현재의 나는 많이 달라졌다. 용돈과 월세, 학비를 받아가며 내가 하고 싶은 것만 하던 때와, 하고 싶지 않아도 해야만 하고 이거라도 하지 않으면 별수가 없는 현재는 상황이 많이 다르다. 과거에는 아르바이트도 끌리는 것만 했다면 이제는 돈만 된다면 뭐든지 해야 할 때도 있고, 그래야만 돈을 벌지 않아도 되는 시간을 벌어 조금이라도 더 연기를 위해 쓸 수 있다. 그래서 연기활동을 하는 것 외에 레슨으로 누군가를 가르치기도 하고, 스튜디오에서 형의 일을 도우며 돈을 벌기도 하고, 뮤지션들의 공연이나 결혼식 사회자를 맡으며 생계를 유지하고 있다.

그래도 다행이라고 생각이 드는 건, 자존심만 치켜세워 가난한 척도, 힘든 척도 하기 싫어 도움을 받고도 필요 없다는 식으로 살던 옛날에 비해 부끄러움을 모르는 척하는 일이 많이 사라졌고, 고맙다는 말과 미안하다는 말을 자주 할 수 있게 된 것이다. 나도 빚지고만 살고 싶지는 않기에 어딘가에 가서는 베풀기도, 나서서 내기도 하지만, 서울에서 생존하는 것만으로도 적지 않은 돈이 필요하기에 도움을 받는 일이 더 잦을 수밖에 없는 것이 현실이다.

연말에 올릴 공연이나 단편영화 연출을 위한 글을 쓰면서 필요한 세트나 장비를 떠올리다가 썼던 글을 지우고 간소화된 배경으로 다시 적게 되는 나를 보면서, 좋은 작품을 만들려면 일단 돈을 얻거나 벌어야 한다는 선배들의 말이 떠올랐다. 물론 높은 제작비가 무조건적으로 좋은 작품을 만든다는 이야기가 아니라, 걸림돌이 없어야 자유롭게 상상의 나래를 펼칠 수 있다는 말이다. 예전엔 빈 무대로도 좋은 작품을 만들 수 있다고 우겼으나 그건 글 잘 쓰고 연출 잘하는 사람들에게나 해당되는 말이란 것을 직접 대본을 쓰다 보니 무슨 말인지 이해할 수 있었다.

예술을 하는 것과 이윤을 추구하는 것은 다른 일이지만 같이 진행 되어야만 예술을 '잘' 할 수 있는 확률이 높아진다는 생각이 들어, 최근엔 적은 시간을 들이면서도 이윤을 낼 수 있고 동시에 재미도 느낄 수 있는 일을 동료들과 도모하고 있다. 자꾸만 새로운 일을 시작하게 되면서 한 가지 일에 집중하지 못하고 분산되는 것은 아닌가 걱정하는 이도 으레 많겠지만, 배우를 왜 하고 싶냐는 질문에 일정 기간에 집중해서 타자의 삶을 탐구하고 관조하며 이해하려는 노력이 곧 내 삶을 더 폭넓고 깊이 있게 만들어준다고 믿기 때문이라고 대답한 나의 인터뷰를 돌아보면 이상한 일도 아니다. 아니, 어쩌면 같은 길 위의 선택들이다. 앞으로도 언제 어떻게 시작하게 될지 모르는 여러 일들이 다양한 측면으로 발달하여 내가 되고자 했던 '누군가'가 되는 데에 이바지하길 바랄 뿐이다. 그리고 그 안엔 적어도 최선을 다해 열심히 살아냈다는 말이 담겨 있길 바란다. 내가 되려고 했던 건 어떤 직업이 아니라 어떤 삶을 살아간 누군가니까.

잡인

장인이 되고 싶었는데 어느새 잡인이 되어가고 있다. 장인이 된다는 건 매일 같은 장소에서 같은 일을 하고, 같은 시간에 출근하고 퇴근하는 일이라, 나 같이 불규칙적인데다 집중력이 부족해 딴짓을 많이 하고 끝맺음에 자주 실패하는 사람은 장인이 될 수 없다. 물론 그런 비슷한 일상의 반복 속에서도 매일 다른 음악을 듣거나, 다른 책을 읽고, 하루는 하늘을 관찰하거나, 하루는 사무실 벽의 타일 구조에 대해 호기심을 갖는 것만으로도 색다른 하루를 보낼 수 있다.

커다란 범주 안에서 아주 작은 변화만으로도 새로운 시간을 보낼 수 있고, 색다른 관점으로 세상을 바라볼 수 있다고 보는데, 그러지 못하고 반복되는 일상에 지루함을 느끼고 삶에 지치는 이유는, 작은 것에 마음을 쓸 여력이 없기 때문이다. 높은 성공이나 커다란 행복에 너무 집중해 쉴 틈 없이 달려가다 보면, 옆에 서 있는 커다란 느티나무 아래 그늘에서 쉬고 있는 친구들이나, 옥요한 땅 위에 자라난 산물들을 옆에 두고도 그냥 지나쳐 빈손으로 도착한다. 그래서 원하는 것을 얻고도 밀려오는 공허함을 이기지 못하고, 그 자리에 털썩 주저앉아버린다.

그런 사람들을 보고 있노라면, 결과로 보이고 증명해내야 하는 세상 속에 살면서도 살아가는 과정을 소중히 하겠다고 매번 다짐하게 된다. 과정이 생략되어도 좋다면, 이 땅 위의 위인전은 모두 한 줄로 정리되지 않을까. 어두운 부분 하나 없이 살아가려고 노력하기보다는, 어두운 부분보다 밝은 부분이 더 많은 인생이 되기 위해서 노력하고 있다. 아니, 사실은 어두운 부분이 많은 인간이어도 큰 문제는 없다. 어두움 나름의 아름다움이 있으니까. 그런 밝고 어두운 여러 상황에 끊임없이 직면하면서 뭉쳐지고 일그러지며 하나의 개성 어린 개체가 되는 것이 아닐까. 시간을 멈추거나 세상에서 잠시 떠나 있을 수도 없으니 세상의 굴레 속에서 나름대로 잘 살아 보겠다는 희망은 인간의 버릴 수 없는 본능일 것이다. 그저 유지하는 것만으로도 그것은 희망이다. 서서 버티는 것은 고이는 것과는 달리 노력이 필요한 일이기 때문이다.

무엇 하나 제대로 하지 못 하고 있는 것은 아닌가 걱정이 되기도 하지만, 잡상인이나 골동품점이 예상치도 못한 상황에서 큰 도움이 되는 여느 게임처럼, 잡인으로 살아가는 순례자의 삶이 그 긴 순례로 인해 장인이 되는 날을 그린다.

벌꿀오소리

허무맹랑하게 들릴지 몰라도 나의 롤모델은 벌꿀오소리다. 세계에서 가장 겁 없는 동물 1위이기 때문이다. 피부와 지방층이 두꺼워 물려도 타격을 별로 받지 않는다는 벌꿀오소리는, 작은 체구에도 불구하고 하이에나나 사자와의 다툼에서도 쉽게 물러나지 않는데, 급소를 물어뜯는데 능해서 큰 동물들도 벌꿀오소리를 어려워한다고 한다.

나는 어렸을 적 체구가 작은 편에 성격도 소심했다. 하지만 초등학교 2학년 때 당당한 친구들 무리와 어울리면서 성격이 많이 바뀌었다. 초등학교 3학년 때부터는 하고 싶은 말이 있으면 곧잘 하고, 불만이 있으면 반박했다. 싫으면 안 하고, 좋으면 더 했다. 고등학생 때는 '야자'가 필수라고 해서, 자율학습이라는 이름으로 강제 학습을 시키는 게 이상하다고 따졌다가 벌을 서거나, 대학생 때는 습관적으로 휴강을 하는 교수님께 수강료를 액수로 환산해서 알려드리고 보강을 제대로 하시거나 수강료를 돌려달라고 했다가 혼나기도 했다. 결국 나는 야자 대신 연기 연습을 할 수 있었고, 교수님은 종강 전까지 보강을 채우셨다.

연기를 하면서 무시당할 때가 많은데, 오디션에서도 종종 겪는다. 직책도 이름도 밝히지 않은 사람이 내 프로필을 보더니 "알만한 작품이 하나도 없네!"라고 말하길래, "감독님은 알만한 작품 어떤 거 하셨는지 알 수 있을까요?"라고 대답했다. 그 사람은 사과는 못 할 망정 "그런 식으로 했다가는 이 바닥에서 연기 못 해."라고 하길래, "유명한 감독님들께 지금 당장 전화해서 나랑은 절대 작업하지 마시라고 전해주세요. 지금 전화해주세요. 왜 안 하세요? 저 이 작품 안 해도 됩니다. 수고하세요." 하고 나온 적도 있다.

지금 생각해보면 치기 어린 마음에 자존심을 부린 것도 사실이지만, 궁합이 잘 맞는 사람들이 모여 힘을 합쳐도 좋은 작품이 나올까 말까 한 영화라는 단체 작업에서, 그런 사람이 이끄는 현장은 절대로 즐겁지 않았을 것이다. 버스에서 벨을 눌렀는데 문을 안 열어주는 기사님에게 말도 못 하는 사람을 보고, 큰소리로 "문 좀 열어주세요."라고 대신 말해주기도 하고, 지하철에서 사람들이 내리기 전에 타는 사람들에게 "내리고 타세요."라고 말했을 때, 생각보다 문제는 쉽게 해결됐다.

버스 정류장 옆에서 담배를 피우는 아저씨에게 담배를 꺼달라고 하기도 했고, 타인의 단점을 계속 지적하는 사람에게 불편하다고 말했을 때도 그랬다. 물론 하고 싶은 말을 다 하고 살기엔 복잡한 상황도 많아서 나도 때로는 모른 척 지나갈 때도 있다. 누가 확실하게 잘못하고 있는지 가늠이 잘 안 가는 상황들은 함부로 끼어들거나 돕기가 쉽지 않다. 하지만 윗사람이라고 해서 마음대로 하게 두고, 무례하게 구는 사람들에게 당하고만 있어서는 안 된다고 생각한다. 불편한 건 불편한 게 맞고, 잘못된 게 있으면 고쳐 나가면 된다. 나는 오늘도 목소리를 낸다. 당신 편해지자고 함부로 하지 마시라고. 아주 조금씩이지만 언젠가 세상이 변할 수 있도록.

작은 목표들

내가 다녔던 연기학원은 기독교 극단 같은 곳이어서 매일 수업 전에 기도를 했고, 원장선생님은 하루에 한 번씩 말씀하셨다. "네 시작은 미약하였으나 네 나중은 심히 창대하리라."

하지만 어디 성경을 따르기가 쉽겠나. 내가 하는 일은 항상 그 시작이 거창했으나 결과는 미미했다. 그러니 초심을 유지하자는 말을 그렇게도 하고 산 것이 아닐까. 초심을 생각하고도 며칠 뒤면 여지없이 방심해버리니, 창대한 미래를 이루는 건 역시 무리가 아닌가 싶다. 그런 생각이 들 때마다 나는 작은 목표들을 세우곤 하는데, 별다른 것이 아니고 빨래, 청소, 산책, 운동, 식사 같은 것들이다. 직업인으로 살아가면서 대단한 업적은 못 이루더라도 인간으로서 하루를 지탱하는 최소한의 생활 목표들을 수행하면서 나는 나름대로 만족을 느낀다. 요즘 말로 하면 소확행(소소하지만 확실한 행복)이랄까.

예를 들면 알람 시간을 미루지 말고 일어나는 것, 신선한 재료로 직접 만든 따뜻한 한끼 식사를 하는 것, 해가 뜨거워지기 전에 반려견과 공원을 산책하는 것, 볕이 좋은 날에 빨래를 옥상에 널고 물기가 마를 때까지 책을 읽는 것, 좋아하는 일 한 가지를 만족스러울 때까지 하는 것, 그렇게 보낸 하루를 잘 정리하는 것 등이다. 내가 미루지 않으면 할 수 있는 일들.

일이 바빠 며칠 집을 비운 날 다음에도 어김없이 이런 일들을 한다. 며칠 집을 비운 상태니 청소나 빨래 등을 하는 게 당연하지만, 밥을 지어 먹는 것은 조금 특별한 의미로 다가온다. 청소나 빨래는 업체를 부르지 않는 이상 누군가에게 맡기는 일이 없으나 식사는 식당에서 먹거나 배달로 대체 하기가 쉽다. 그런 의미에서 나에게 요리란 내가 직접 고른 재료들로 시간을 들여 다듬고 끓이고 졸인 것을 그릇에 정성스레 담는 작은 선물과도 같다.

식사를 마치고 설거지까지 끝내면 내 삶을 제자리로 돌려놓고 새롭게 시작할 수 있을 것 같은 기분이 들곤 한다. 새롭게 시작한다는 것은 어쩌면 처음을 반복하는 일이다. 중간에 겪은 오류들을 지워내고 처음과 같이 시작하되, 나아가는 길에 실수를 줄여나가는 일. 그래서 입학, 졸업, 취직, 이직 등 변화가 생길 때마다 끝을 슬퍼하는 것보다는 새로운 시작을 축하하고 응원하고 싶다. 전보다 행복을 좇는 행보가 되길 바라면서.

진지함

별생각 없이 던진 한마디에 장문의 진지한 답변을 남기는 것으로 화제가 된 한 배우의 피드를 누군가 캡처해서 보내주었다. 무슨 말인지 알겠기에 피식 웃기도 했지만, 나도 비슷할 때가 많아 한편으로는 민망하고, 한편으로는 '좋구만 뭐 어때서' 같은 마음이 섞여 있었다. "이거 난데"라고 하자, 쏟아지는 친구들의 장난 섞인 질문에 나도 장난으로 장문의 진지한 답을 보내며 잠시 웃었다. 장난을 장난으로 받기 위해 나는 잠시 웃었지만, 실제로 그런 답변을 종종 해온 나는 여러 생각이 들기도 했다.

물론 사람들은 상황에 맞지 않는 진지함을 탓한 것이겠지만, 그

둘의 평소 대화를 모르니 그 앞은 진지했는지, 그 뒤엔 장난스러웠는지 알 턱이 없어 상황에 맞다 틀리다를 함부로 얘기하기가 어려웠다. 나는 길게 말하는 걸 좋아하면서도 단순한 말들을 좋아한다. 주로 고맙다, 미안하다, 사랑한다, 삶이 행복하다 같은 말들인데, 가끔은 주변에서 듣다 닭살이 돋는다며 오른팔을 문지르기도 한다. 그럴 때면 민망하지도 않은데 민망한 척을 하느라 머리를 긁적이곤 한다. 솔직하거나 진지한 것은 인제부터 이리도 쉽게 오그라든다는 말로 바뀌어 불린 건지, 깊은 사유를 털어놓는 사람은 왜 진지충이라 불리는지, 말들의 무게가 어찌 이렇게 가벼워졌는지 슬프기도 하다.

주제넘게 글을 써서 공연을 올린 적도 있지만, 평소엔 기껏해야 SNS나 일기장에 기록을 남기는 정도인데, 내용은 대부분 작은 현상이나 사물을 보고 드는 생각을 길게 늘어뜨려 그때의 심정을 솔직하게 적어내는 것이다. 쉽게 지나칠 수 있는 순간들을 보내면서, 이따금 내 앞에 놓인 것들로부터 의미를 찾는 놀이를 하고 나면, 살아가는 이유가 하나 더 생긴 것 같아 기분이 좋아지기 때문이다.

예술을 하는 사람들에게는 이런 일이 자주 있을 것이다. 단어 하나를 놓고 이야기를 만들어 춤을 추는 사람, 몇 개의 단어를 조합해 소설을 만들어내는 사람, 단어를 통해 떠오르는 이미지를 그리는 사람 등, 단어 하나를 가지고 다양한 시선과 방향으로 접근하고 그걸 통해 작품을 만들어야 하는 사람들에게는 딱히 낯선 일이 아닐지도 모른다. 물론 가벼운 상황을 너무 진지하게 만드는 건 때로 부담이 된다. 하지만 가벼운 대화 속에서도 찰나의 진지함이 필요한 순간들이 있을 것이다.

나는 바삐 돌아가는 세상 속의 용건만 간단히 오고 가는 대화 안에서 발휘되는 순간의 진지함에 힘을 얻곤 한다. 거기에서 느껴지는 진심을 좋아한다. 누군가에겐 부담이 될 수도 있겠고, 과도하게 진지한 답변을 하는 사람이 눈치가 없는 탓일 수도 있겠지만, 그것이 비약이든 과대망상이든, 무엇이 됐든 본인이 가진 생각과 느낀 감정을 잘 정리하여 표현하는 시간은 값진 시간일 것이다. 많은 것들이 사라지고 태어나는 세상 속에 살면서 순간순간을 의미 있게 남기려는 일은.

생존

배우로 살기 위해 다른 일을 하며 생존하는 사람들이 많다. 그들은 수면 위에선 우아하지만, 밑에선 발을 열심히 구르고 있는 백조처럼 남들 모르게 돈을 벌어 생활을 유지하며 배우라는 명목을 잃지 않으려고 노력한다. 나만 해도 연기를 하는 날이 일 년에 며칠이나 되는지 모르겠다. 직장인들처럼 주 5일을 촬영장으로 출근한다면 어떤 기분일까. 꾸준함의 힘을 믿는 나로서는 연기를 꾸준히 할 수 있는 생활을 꿈꾼다. 하나의 소설을 쓰기 위해 매일 아침 글을 쓰는 작가들을 존경하듯 매일 연기를 하는 사람이 가질 수 있는 내공이 부럽다.

무명에도 연기에만 집중해서 살아가는 사람도 있고 배우로 존재하기 위해 셀럽으로 살아가는 사람들도 있다. 나는 그중 어디 하나 제대로 끼지 못하는 편인데, 어찌 됐든 배우로 살아남을 수만 있다면 그 어느 쪽도 최악은 아니라고 생각한다. 하지만 관객이 있어야 배우도 존재의 이유가 있는 법이기에 나도 인기를 바란다. 다수의 관심을 받는 것도 좋지만, 수가 적어도 오래도록 지지해주는 사람들이 곁에 있다면 계속할 수 있는 힘이 생긴다.

한 번 목표를 정하면 이루어질 때까지 계속해서 입에 달고 사는 성격이다. 목표를 자주 거론하면 그에 걸맞은 삶을 살아가기 마련이라고 생각하기 때문에 주변 사람과 스스로에게 끊임없이 목표를 얘기한다. 그런데 목표가 명확해지면 그걸 이루기 위해 포기해야 하는 것들이 점점 많아진다. 선택의 순간이 잦아지면서 지키려는 것들과 잃어가는 것들에 대해 오래 생각하게 되었다. 그럴 때는 정말 고통스럽지만, 변화가 오는 시점이라 생각하며 겸허히 받아들인다.

다가오는 변화 중 하나는 이십 대 때 가졌던 인기에 대한 열망과 성공을 향한 패기가 줄었다는 점이다. 반면, 꾸준함을 유지하려는 노력과 시간이 지나도 무너지지 않으려는 균형을 얻게 되었다. 균형을 얻으면 엎어지거나 쏟아지는 일이 적어진다. 살짝 삐끗할 순 있겠지만 완전히 무너지지 않는 힘이 생긴다. 그렇게 밸런스를 잡으며 생존해 나간다. 지속가능한 상태를 유지하는 것. 생존.

창작의 힘

다들 누군가의 허락을 받아야만 결정을 할 수 있는 삶에 많이 지친 것 같다. 컨펌과 결재, 재가와 픽스 같은 단어들로 결정되는 사안들에 억눌린 사람들이 SNS와 유튜브 등에서 갇혀 있던 본인의 가치관과 개성을 뽐내기 시작했다.

다들 난 원래 이런 사람이었다는 듯 불규칙적이고 틀을 벗어난 삶을 보여주며 나도 재미있고 특징이 있는 인간이라는 것을 증명하고, 그런 자신의 모습을 보면서 뿌듯해한다. 그 덕에 일상에선 보기 힘든 다양한 인간의 형태와 성격을 더 자주 목격할 수 있게 되었는데, 무작정 회사를 관두고 세계 일주를 하는 사람부터, 불특정 다수에게 욕을 쏟아붓는 사람까지 그 모습이 꽤 다양하다.

사람들은 단체의 삶보다 개인의 삶을 더 궁금해한다. 학교생활이든 사회생활이든 오고 가는 대중교통 속에서도 단체로 존재하는 인간들은 단체 속에 있어도 외롭고 개인이 되어도 고독하다. 해서 사람들은 개인으로 존재하되 일정의 거리를 두고 타인들과 소통하기 시작했다. 타인이 나의 영역을 침범하지 못하면서 내가 원하는 것을 일방적으로 제공하는 방식이 꽤 만족스러운 것 같다. 그것은 아마도 여태 결정권자의 입장에 서지 못했기에, 자신의 이름을 걸고 무언가를 제공했을 때 쏟아지는 다수의 피드백과 발전하는 자신의 모습이 직접적으로 다가오기 때문이 아닐까.

어떻게 해야 어딘가 소속되지 않더라도 개인의 가치를 인정받고 살아갈 수 있을지 고민된다. 정확한 이유도 모른 채 끊임없이 누군가의 결정과 평가 속에서 살아가야 하는 직업이기에 더욱더 그럴까. 그래서 이따금 어설픈 창작을 해가며 나의 가치를 증명하려고 발버둥 치곤 한다. 지금 온라인은 정제되지 않은 돌연변이로 가득하다. 때때로 불쾌한 것들이 있긴 하지만, 다양성이 활개 치는 모습을 바라보면서 나름 흐뭇하다. 무질서를 바로 잡겠다고 또 이런 저런 규칙들이 들어서겠지만, 사람들은 또 지루한 규범을 벗어나 자유로운 삶을 찾아 떠날 것이다. 그 시대에 동참하고 싶다는 욕망이 들끓어 오른다.

돈, 돈, 돈

빨리 잘 되고 싶다. 일이 들어올 때마다 돈으로 계산하는 버릇을 하루빨리 버리고 싶다. 일이 들어왔을 때 이건 얼마짜린지, 쏟아야 하는 시간에 비해 얼마나 주는지를 따져가며 일을 받아들이는 순간들이 날 괴롭게 한다.

지원을 받으며 살던 날에는 자존심이 셌다. 마음에 안 들면 하지 않았고, 불만이 있으면 바로 말했다. 그까짓 돈 몇 푼 벌지 않아도 내 인생에는 크게 문제가 없었다. 지금 돌이켜보면 아쉬울 것 없는 인간처럼 멋 부리며 살 때, 엄마는 나에게 보낼 용돈을 벌기 위해 졸음을 참아가며 생맥주 한 잔을 더 팔고 있었다. 무겁고 냄새

난다고 몇 번을 거절해도 꼭 들고 가라고 쥐여 준 김치나 고춧가루가 마트에서 몇만 원에 판매되는 걸 볼 때도 엄마가 생각난다. 엄마가 잠잘 시간을 팔아 삼천 원짜리 생맥주를 더 내리는 동안 나는 얼마나 많은 돈을 친구들과 술값으로 썼을까. 그래도 내 편이라 젊은 나이에 사람 만나는 것도 일이고 재산이라고 말하며 서울살이가 보통 힘든 게 아닌데 하고 싶은 일 하면서 잘 버티고 있는 게 대단하다고 말해주는 엄마의 목소리를 들으면 한없이 부끄럽다.

세대주가 되어 월세와 건강보험료를 스스로 내고, 학자금 대출비 통장을 내 것으로 옮기고, 신용카드를 만들고, 암보험이니 공과금이니 휴대폰 요금이니 각각 날도 다르게 빠져나가는 것이 이제 익숙해질 때도 됐는데 아직도 그것들을 모아 정리하기가 쉽지 않다. 이토록 열심히 살아도 여유로운 마음으로 돈 한 번 쓰기가 무섭게 빠져나가는데, 여태 나의 경제를 부담해준 부모님과 형을 생각하면 존경스러울 뿐이다. 적은 액수의 일이 들어오면 용돈벌이라고 하며 투덜대지만, 사실은 나의 한 달 치 공과금이고, 조금 더 큰 건은 카드값에 보태고, 어쩌다 액수가 좀 큰일이 들어오면 그래도 몇 달 월세 걱정 좀 덜하며 살겠다고 마음을 놓게 된다.

각설하고 다시 돌아가자면, 일이 곧 돈이 된다는 생각이 점점 강해지는 것 같아 두렵다. 그 일이 나에게 주는 의미와 나에게 얼마만큼의 열정을 주는지가 액수의 가치로 환산되지 않기를 바라는 사람으로서, 일을 마음으로 대할 수 있던 때가 그립다. 하지만 돈에는 관심 없고 연기에만 몰두하겠다던 어린 시절로 돌아가 다시 가족에게 짐이 되겠냐고 하면 그건 또 아니니, 결국 이 시기를 뛰어넘어 얼마가 들어오든 내가 맡은 바에 최선과 마음을 다하는 날을 만드는 수밖에. 자꾸 돈, 돈거리기 참 구차하고 씁쓸하지만, 갑자기 아파서 간 병원비도 돈이고, 힘든 하루 보내고 받은 스트레스 풀어줄 맛집도 돈이고, 나이 들수록 서운함 늘어날 우리 엄마 기분 풀어줄 선물도 다 돈이니 돈 쉽게 무시할 물건이 아니다. 그러니까 이왕 버는 거 기분 좋게 벌자.

행동

확신 없는 삶 속의 불안을 잠재울 수 있는 믿음을 불러일으키는 것은 행동이다. 일어날 불행과 그것을 극복하는 방법 몇 가지를 상상한 뒤, 몸과 마음을 일으켜 직접 보고 듣고 묻고 따지고 확인하고 나면, 그 결과가 좋든 나쁘든 아무것도 확실하지 않은 순간보다 낫다. 그것이 두려워 회피한 순간들이 켜켜이 쌓일수록 불안은 생활 곳곳으로 퍼져나가 스스로를 죄 없는 죄인으로 만든다. 죄 없는 나의 죗값을 덜기 위해, 불행이 해결되지 않더라도 불안을 해소하려 차가운 아침 공기 사이로 몸을 움직여본다.

잘못하는 어리석음

닥치는 대로 돈이 되는 대로 가리지 않고 일을 해서 굶지 않을 만큼 통장을 채워놓고 나면 그제서야 내가 뭘 하려던 사람인지 생각난다. 이제야 겨우 나를 위해 무슨 일을 할 것인지, 어떤 삶을 살고 싶은지 고민할 수 있다. 해가 지나기 전에 이런 생각이 들어 다행이다.

글을 하나 쓰고 있다. 원래 쓰려던 내용과는 많이 멀어져가고 있지만 오랜만에 글을 쓰니 괴롭고 또 즐겁다. 뜻대로 잘되지 않는 것을 끝끝내 해내는 고통을 즐긴다. 결과가 어떻든 그런 노력을 하는 동안 살아있다는 느낌을 받는다. 올해가 시작할 때 했던 수많은 걱정들이 실제로 일어났지만 걱정한 만큼 큰일이 되진 않았다. 일어날 불행들을 대비하거나 극복하기 위해 노력해왔다면 걱정은 오직 걱정일 뿐이다. 나는 아직 살아있고, 굶어 죽지도 않았으며, 포기하지도 않았다.

오디션을 볼 때, 딱히 내세울 경력 하나가 없으면 사람이 주눅이 든다. 그러다 내가 나온 단편영화 한 편 잘 봤다는 사람이 있으면 얼굴에 꽃이 핀다. 경력에는 변화가 없다. 그저 알아봐 준 사람이 달랐을 뿐이다. 자신감은 나에게 달렸다. 하릴없이 인터넷에 어떻게 살고 있다고 주책 떠는 글을 쓰는 일이 의미가 없을 수도 있지만, 멈추지 않는 이유는 글을 쓰는 시간을 통해 내가 무슨 생각을 하며 사는지 정리할 수 있고, 앞으로 더 잘 살아내고 싶은 힘이 생기기 때문이다.

인간답게 살고 싶다는 생각을 자주 하는데 상황에 따라 그 뜻이 바뀌곤 한다. 가난할 때는 '이 힘든 일 다 때려치우고 일단 돈 많이 벌어서 좋은 집에 살자' 같았다가, 주머니가 좀 차면 '제발 일 좀 그만하고 책도 읽고 여행도 좀 다니면서 살자'가 되곤 한다. 결국 어떻게 사느냐도 때에 따라 나름이다. 아무것도 하지 않는 어리석음보다 잘못하더라도 무엇인가 해보는 어리석음을 선택한다. 중도 포기도 나의 몫이고, 해내더라도 나의 몫이다. 책임지려는 마음만 있으면 어리석음도 지혜롭다.

보답

아쉬운 것만 생각하면 한없이 아쉽고, 뜻깊은 순간만 생각하면 덧없이 감사한 한 해를 보냈다. 회사와의 계약이 끝나고 프리랜서가 되어 다시 혼자 열심히 뛰며 일했다. 허나 상업영화나 드라마는 오디션조차 보기가 어려웠고, 몇 편의 독립영화에 겨우 출연할 수 있었다. 경력에는 크게 도움이 되진 않겠지만 여러 광고들을 통해 돈도 벌고 자주 출근하는 한 해를 보냈으며, 두 편의 희곡을 써서 한 번의 연극과 한 번의 낭독극을 올릴 수 있었다.

연기스터디 액팅 벅스에서 함께 연기하며 작업도 함께 하게 된 소이누나 덕에 전주국제영화제의 레드카펫도 밟아보고, 그런 작업

사이사이의 틈을 빌려 틈틈이 여행도 다녀올 수 있었다. 열심히 하는 모습이 보기 좋다며 나를 불러준 사람들 덕에 감사한 순간이 많았다.

작년과 같이 종종 형의 스튜디오에 출근해 일하며,《책누나 프로젝트》를 통해 아이들에게 책을 읽어주고, 매일 눈을 뜨거나 잠이 들기 전 반려견 공칠이와 산책하며 살아간다. 작년과 같아도 좋은 것과 작년보다 나아진 상황을 생각하며 행복에 젖을 때면 아쉬운 부분이 생각나기 마련이다. 내가 상상했던 나는 훨씬 더 높은 커리어와 부유함 속에 살길 바랐기에 일어난 현실과의 차이는 온전히 내 상상의 몫이다. 높은 이상과 목표에 비하면 턱없이 모자란 일들을 하며 스스로 자위도 해보고 격려도 해본다. 아쉬운 것은 아쉬운 대로, 만족스러운 것은 만족하는 대로 시간은 계속 흐른다. 내가 할 일은 다가올 새해를 준비하며 더 열심히 살아가는 것뿐이다. 감사함에 힘입어 게으른 몸을 일으켜 움직이는 것이 생명에 대한 보답이다.

02

건너편 건물 위에 별 하나.

TAKE MY HAND

누가 중고서점에 〈연극연출〉 책을 팔고 갔다. 책의 내용을 마스터했거나 제 생각과 맞지 않아서 팔았을까? 혹은 똑같은 책을 선물 받았거나 당장 저녁밥을 사 먹을 돈이 필요해서 팔았을 수도 있겠지만, 먼저 든 생각은 누군가 또 한 명 꿈을 포기한 건 아닌지 걱정스러웠다. 물론 자신에게 더 잘 맞는 꿈이나 훨씬 좋아하는 무언가를 찾았을 수도 있겠지만 같은 길을 걷고자 하는 동료로서는 아쉬운 마음이 앞섰다.

서른이 되면서 또래 친구들과 술을 마시면 이쪽 일을 그만두겠다는 얘기를 자주 듣곤 한다. 입시나 대학 시절의 열정이 이젠 없거나 안정적인 직업을 원해서, 혹은 가정을 책임져야 하는 이유 등이 많았다. 이유야 무엇이든 각자의 사정이 어찌 가벼이 여겨질 수 있을까, 개인의 선택을 존중할 뿐이다. 무라카미 하루키도 스물아홉이 돼서야 난데없이 글을 써야겠다고 생각했다 하니 친구의 새로운 꿈을 격려해주고 헤어졌지만 개인적으로는 십 년 정도 해온 일이 아깝기도 하고 이 멋진 일을 그만두면 두고두고 생각나지 않을까 싶은 주제넘은 생각이 들기도 했다.

앤디 워홀은 '예술가는 사람들이 가질 필요가 없는 것들을 생산하는 사람이다'라고 말했지만 '예술은 당신이 일상을 벗어날 수 있는 모든 것이다' 라고도 했으니, 의학이나 과학처럼 삶의 필수조건은 아니더라도, 예술이 없으면 영혼이 메말라 살아갈 수 없을 만큼 중요하다는 말이기도 하다. 나 역시 예술을 사랑하고 오래도록 이 업계에 종사하고자 하는 사람으로서 예술이라는 분야가 인류의 영혼을 배불리 하고 세상을 더 아름답게 만든다고 생각하니, 이 길을 떠난 친구들에게 아쉬운 마음을 숨길 수가 없다.

그래도 다행인 것은 〈생각의 탄생〉에서 물리학자 아르망 트루소는 '최악의 과학자는 예술가가 아닌 과학자이며, 최악의 예술가는 과학자가 아닌 예술가이다'라고 말했다. 이제는 모든 분야가 서로 서로 연결되어 융합을 외치고 있다. 예술로는 먹고 살기 힘든 세상에서 다른 길을 찾고자 할 때, 자격증도 하나 없고 딱히 할 줄 아는 일도 없는 사람들도 다른 분야에서 할 수 있는 일이 늘어나고 있다는 마음에 조금 안심이 된다.

그래도 이 말은 하고 싶다. 정말 하고 싶은 일이 있으면 끝까지 포기하지 않았으면 좋겠다. 꿈은 평생 어느 때든 꿀 수 있어서 꿈이니까. 언제라도 이루고 싶은 마음과 의지만 있다면 그 두 손을 꼬옥 잡아주고 싶다.

힐링 말고 스탠딩

위로로 가득 찬 힐링의 세상이 지나고 곧 스탠딩의 시대가 올 것이라고 누누이 말해왔다. 각자의 지친 마음이 어느 정도 치유가 됐을 때, 위로보다는 한 발 더 앞으로 나아가게 할 투지를 불러일으키는 응원과 스탠딩의 시대를 맞이할 것이라고.

서점에도 SNS에도 온통 '괜찮다, 괜찮다'로 가득한 요즈음, 너무 빠르고 바쁘게 움직이는 세상 탓에 영혼을 챙길 시간이 없었다. 지나간 하루나 한 일에 대해 생각해볼 정신도 없었고 일어나는 변화와 현상에 대해 자세히 살펴볼 여유가 없어 대충 그럴듯한 편에 서기도 했다. 버는 돈은 똑같은데 물가는 오르고 즐길 거리는 많아졌다. SNS에는 부러움을 유발하는 온갖 비싸고 멋진 삶의 단면들이 즐비하다. 내 삶에 '왜'라는 질문을 붙이지 못했고, 분주한 일상의 나열이 연속될 뿐이었다. 부와 명예, 성공, 비교라는 재촉에도 많이 지쳤다.

진심으로 누군가의 마음을 이해한다는 건 정말로 어려운 일이다. 같이 나고 자란 쌍둥이도 다른 생각을 하며 사는데, 누군가를 이해하고 위로할 수 있다면 그런 능력을 갖춘 사람은 실로 대단한 사람이다. 하지만 때로는 지나친 위로에 마음이 불편할 때도 있다. '지금 너의 모습 그대로도 괜찮아', '아무것도 하지 않아도 아름다워', '있는 그대로의 너를 사랑해'. 나의 존재를 인정하고 사랑하는 것은 중요하지만 부연 설명이 생략된 채 쏟아지는 위로에 지치기도 했다. 있는 그대로의 나를 사랑하지만, 더 나은 사람이 되고자 하는 희망 또한 있다. 더 멋진 미래에 대한 목표도 있어서 지금의 괜찮음을 넘어서고 싶고 성취를 통한 기쁨을 맛보고 싶은 욕구도 있다.

각자의 삶에서 잠깐 쉬어가길 권하는 정도의 위로면 괜찮지 않을까. 위로받기를 강요하는 듯이 "너 힘들지? 나도 힘들어봐서 다 알아. 말해봐, 뭐가 힘든데? 너 힘들어. 내가 위로해줄게. 너 힘들다니까?"처럼 그저 본인만 괴롭지 않다면 괴로움에 시달리는 종자를 번식시켜 슬픈 무리라도 만들려는 위로는 폭력적일 뿐이다.

현재에 대한 만족은 다가올 미래에도 만족을 느낄 수 있다는 희망에서 비롯된다. 인간이 가진 나눔의 미덕으로, 잠시 나무 그늘에 기대 휴식을 취해보기도 하고 힘들게 걸어온 길을 우스갯소리처럼 회상하기도 하지만, 어느 정도의 휴식 후에는 엉덩이에 묻은 흙을 털고 일어나 다시 또 먼 길을 나아가야 한다. 만족할만한 순간을 더 자주 만들기 위해 지루한 날들에도 노력하고, 행복을 자주 느끼기 위해서 불행을 꾸준히 헤쳐나가며, 힐링을 넘어서 스탠딩으로.

감기

감기에 걸렸다. 나는 어려서부터 건강한 체질에다 약간은 둔해서 아파도 아픈 걸 잘 모르고 컸다. 얼마나 둔했냐면 초등학생 시절에 친구들과 축구를 하던 중 헤딩을 하다가 골대 모서리에 머리를 박고는 눈썹이 찢어졌다. 나는 그것도 모르고 다시 일어나 씩씩하게 공을 좇아 뛰었는데 앞이 새빨개지면서 눈앞으로 피가 분수처럼 한두 차례 뿜어져 나왔다. 친구들은 이미 아연실색한 상태였고 나는 아무렇지 않게 "까졌어?"라고 물어보며 수돗가에서 피를 닦았지만, 애들은 '찢어졌다'라며 병원에 가서 '꿰매야' 한다고 했다. 다쳐본 적도 없고 아파본 적도 없는 나는 살이 '찢어지고', 살을 '꿰맨다'라는 말이 이해가 가지 않았고, 어찌 됐건 병원에 가야 한다는 말에 룰루랄라 피를 쏟아내며 집에 도착해서 피범벅이 된 나를 본 엄마를 기절시킬 뻔했다.

그 사건 이후로는 딱히 다치지 않고 무탈히 성장했던 나는 스무 살이 넘어가면서 이상하게도 매년 겨울이 올 때 즈음 한 번씩 앓곤 했는데, 열이 39도를 넘어가도 "몸이 조금 안 좋은 것 같은데?"라고 말했다가 친구들이 내 이마를 짚어보고는 응급실로 끌고 가는 일도 두 번이나 있었다. 게다가 군대에서 맞이한 크리스마스이브 날 점호시간에 "저녁에 많이 먹었더니 체한 것 같습니다."라고 말하고는 쓰러졌는데 알고 보니 맹장염이었다. 결국 크리스마스에 부대에서 나와서 대전의 한 병원에서 수술했는데 마취에 취해 잠들기 전까지 맹장을 잘라내면 꼭 수술이 끝나고 보여달라는 등의 농담을 하다 잠이 들었다. 그렇게 심하게 앓던 순간에도 씩씩하게 농담을 했던 나는 언제부터 이렇게 약해졌는지 올해 초 왼쪽 발목을 다치고 여름엔 오른쪽 골반을 다쳐 절뚝거렸으며 이제는 환절기에 찾아온 감기몸살 기운에 몸이 무겁고 침이 바싹바싹 마른다.

아직 젊은데 몸이 예전과 같지 않다고 말하기도 창피하고 아무래도 술을 자주 먹는 탓에 면역력이 떨어진 건가 나를 꾸짖는 수밖에 없지 싶다. 이렇게 아플 때면 아무래도 따뜻한 죽 한 그릇이 생각나지만 이놈의 죽집은 도통 찾으려고 하면 일찍이 닫았거나 아픈 몸을 이끌고 가기엔 꽤 먼 거리에 있어 결국 편의점으로 향해 그중 제일 좋아 보이는 삼계죽이나 전복죽을 골라 집으로 돌아온

다. 인스턴트 죽을 먹어서 얼마나 건강해지겠냐마는 그래도 컵밥이나 인스턴트 도시락보다야 술술 넘어가니 별수 없는 노릇이라 죽을 한 그릇 비워낸 후 집에 있는 비상약을 꺼내 물과 함께 삼켜내고 푹 자는 게 나로서는 최선이다.

만약 엄마가 옆에 있었다면 전기장판을 꺼내 살이 데일 것 같이 뜨겁게 해놓은 채 이마에 젖은 수건을 올려놓고 불가마 같은 장판 위에 누운 나를 적절히 군데군데 익히듯이 다리와 팔을 주무르며 밤을 지새웠을 것이다. 근데도 신기한 건, 너무 뜨거우니 제발 장판 온도 좀 내려달라고 징징대다가도 잠이 들어 한숨 푹 자고 일어나면 감기가 뚝 떨어져 나가니 결국 병을 빨리 낫게 하는 건 사랑하는 사람의 정성이 아닌가 싶기도 하다. 내가 나에게 정성을 쏟기엔 몸도 마음도 힘드니 지금은 타이레놀 두 알과 판피린에게 내일은 건강하게 해달라고 기도하며 잠드는 수밖에. 행복하자, 아프지 말고. 아프지 말고.

형제

세상에는 유명한 형제 아티스트들이 많다. 미술가 빈센트 반 고흐와 그의 조력자 역할을 크게 했던 미술상 테오 반 고흐 형제, 세계적인 밴드 오아시스의 멤버인 노엘 갤러거와 리암 갤러거, 영화감독 형제 조엘 코엔과 에단 코엔, 지금은 자매가 된 라나 워쇼스키와 릴리 워쇼스키 등이 유명하다. 한국에서는 류승완 감독과 배우 류승범, 사진기자 손홍주와 배우 손현주 등이 유명한데 그중 손홍주, 손현주 형제는 우리 차브라더스와 직업이 같다. 그렇게 각자의 길에서 서로를 응원하고 도와가며 성장한 사이좋은 형제들을 보면 우리 형제의 미래를 보는 것 같아 기분이 좋고 언제 그렇게 될 수 있을지 설레곤 한다.

형과 나는 평소에 여행, 문학, 영화, 음악, 사진 등 예술에 관한 얘기를 주로 나누지만, 미래에 우리가 어떤 일을 할 것인가에 대해서도 종종 얘기를 나눈다. 나중에 성장해서 형제가 같이 레스토랑이나 와인바도 차리고, 형이 하는 스튜디오도 확장해서 여러 사업이나 봉사로 연장했으면 좋겠다는 이야기 등을 나누곤 한다.

처음 우리 형제가 둘 다 서울로 가게 됐을 때, 엄마는 타지에서 외롭고 힘든 일이 있을 때 결국 기댈 곳은 가족밖에 없으니 형제가 꼭 사이좋게 지내라고 당부하셨다. 그때 우리는 사이좋게 지내는 건 물론이고 둘이 힘을 합치면 강남 한복판에 차브라더스 빌딩을 하나 세울지도 모른다며 큰소리를 치곤 했다. 우리는 비슷한 성향을 지녔지만, 성격은 다소 차이가 있는데 신기하게도 서로에게 필요한 부분을 보완해줄 수 있다. 예를 들면 난 고민이 많아 실제로 실행력이 부족하지만, 형은 추진력이 굉장해서 생각한 게 있으면 큰 위험을 감수하고도 바로 실행해버리는 능력이 있다. 형은 자신의 능력에 집중하고 혼자 있는 시간을 많이 필요로 하는 스타일인 반면, 나는 사람들을 좋아하고 함께 하는 일을 워낙 즐기는 편이라 어떤 일을 기획했을 때 주변의 도움을 받거나 홍보하기 수월하다.

아무리 생각해도 이런 부분은 다른 형제들에게서는 쉽게 찾을 수 없는 복이 아닐까. 앞으로도 이런 긍정적인 작용이 계속된다면 진짜로 차브라더스 빌딩을 하나 세울 수도 있지 않을까 하는 생각이 든다.

빌딩, 빌딩 하니 부자가 되는 게 우리의 목표인 것처럼 보이진 않을까 걱정도 되지만 부자가 되는 게 싫은 건 아니니 부정하고 싶진 않고, 무엇보다 어디 가서 말할 수 없는 얘기도 서로 터놓을 수 있고 꿈과 영혼을 살찌우는 대화를 나누고 같이 고민할 수 있는 우리 형제가 너무 기특하다는 생각이 드는 밤이다. 앞으로의 5년, 10년 후엔 우리에게 어떤 일이 생길까. 기분 좋은 꿈을 꾸며, 굿나잇.

진심

아이들은 몸으로 말하는 걸 좋아한다. 마음에 있는 것을 언어로 표현하는 건 어렵기 때문이다. 아이들은 무어라 얘기해야 자신의 마음을 상대방에게 제대로 전달할 수 있는지 몰라서 '어…', '음…'이라고 하면서 머릿속에서 아는 몇몇 단어를 찾느라 애쓴다. 반면에 몸으로 전달하는 건 의도가 확실하고 전달력이 강하며 간편하다. 친구 어깨를 툭툭 치며 손바닥을 내밀면 무언가를 달라는 것이고, 아빠를 마주 보고 양팔을 벌리면 안아달라는 뜻이다. 안전하고 포근한 상태고 싶을 땐 어른의 무릎 위에 앉아서 몸을 붙이고, 하기 싫은 일이 있을 땐 그 자리에 주저앉아 버린다. 그리고 그러한 행위들은 자신의 마음을 알아달라는 순수한 의도로 전달된다.

나는 말이 없어도 몸으로, 몸이 안 움직이면 눈으로라도 이야기하는 방법을 알아야 한다고 생각하며 연기를 공부했는데, 솔직하기 그지없는 아이들을 보고 있자니 여태 애매하고 얄궂은 말주변으로 사람들을 속여 온 건 아닌가 생각이 들었다. 아이들은 노래 제목과 가수를 맞추는 퀴즈를 말로 설명하지 않고 그 노래의 춤을 췄다. 문제가 바뀔 때마다 거리낌 없이 춤을 바꿔 추며 신나 하는 아이들을 보면서 언제부터 내가 남들 앞에서 춤을 추는 걸 부끄러워했었는지 상념에 빠졌다. 중학생 때까지도 수련회 때마다 빠지지 않고 춤을 춰놓고는 언제부턴가 커다란 행동들이 남들 앞에 나서는 사람처럼 보이거나 눈에 띄는 행동이 되진 않을까 꺼렸던 것 같다.

주인공이 길거리에서 자유롭게 춤을 추는 영화를 보면 낭만적이라 느끼고 현대무용 공연을 보며 자유롭다고 느끼면서도, 몸으로 하는 것들을 거부해 왔다. 아이들은 솔직하고 단순하다. 원하는 것의 가장 커다란 특징을 정확히 짚어낸다. 빙글빙글 돌려 말하지도 않고 정확히 말하지 못하면 답답해한다. 나는 언제부터 있는 그대로의 진심을 이야기하는 것에 어려움을 겪었을까. 진심은 통한다는 말을 언제부터 의심했을까. 진심이 거절당하는 것에 얼마나 큰 두려움을 느끼고 있었을까. 아이들에게 이야기를 들려주러 갔다가 진심을 배우고 왔다.

성장

아이들에게 여러 분야의 활동과 교육이 필요하겠지만, 맹아원에서는 유독 아이들과 텃밭을 가꾸는 활동을 자주 한다. 아마도 아이들에게 탄생과 성장, 열매를 수확하는 과정을 통해 생명을 자연스럽게 이해시키고 자연과 더불어 살아가는 삶을 가르쳐주려는 것 같다. 수빈이가 4층 텃밭에서 나오며 "엘리베이터 말고 계단으로, 혼자 내려가 보고 싶어요, 손잡지 말고 혼자."라고 얘기했다. 아이들은 어른에게 의지하고 싶어 할 때도 있지만 가끔은 스스로 해내고 싶어 한다. 내려가는 경사길의 걸음 수를 세며, 한 층을 내려가는데 내디뎌야 할 계단의 수를 세며 지하 1층까지 혼자의 힘으로 도착한 수빈이에게 박수를 보냈다. "수빈아, 다음엔 한 번도 안 가본 길에 또 도전해보자."

안부

지금은 어쩌다 연락이나 가끔 하는 사이가 됐지만, 예전에는 매일 같이 어울렸던 친구에게 안부를 묻는 연락이 왔다. 어떻게 지내냐는 질문에 "항상 똑같지. 오디션 보고 떨어지면 소주 한잔하고, 연습하고 영화 보고 돈 떨어지면 아르바이트 구하고." 말하고 나니 너무 한심하게 지내는 것처럼 보이거나 제자리걸음을 하는 사람처럼 느껴지진 않을까 신경이 쓰였다. 덧붙여 이런저런 일을 하고 있다고 이야기하려다 궁색하게 변명을 늘어놓는 것 같아 그만두고 침대에 누워버렸다.

침대에 누워 천장을 바라보며 '예전 같았으면 조금 더 그럴싸하게 포장해서 얘기했을 텐데'라고 생각했다. "얼마 전에 뭐 촬영하고 지금은 좀 쉬고 있어. 다음 작품 준비해야지." 라던가 "누구 알지? 그 사람 나오는 작품인데 리딩하고 촬영 준비 중이야."라는 식으로. 하지만 언제부터였을까, 별 볼 일 없는 사람보다 별 볼 일 없어 보이고 싶지 않아서 발버둥 치는 사람이 더 멋없게 느껴졌다.

본디 내가 하는 일이 누군가가 알아주지 않으면 스스로라도 알려야 쓰임을 받는 일이기에 필요에 따라 포장해야 할 때가 더러 있지만, 적어도 나를 떠올려주는 주위 사람들에게는 그러지 않으려고 노력한다. 활동하면 할수록 누군가의 능력과 지위에 따라 사람들의 태도나 행동이 달라지는 광경을 자주 마주하는데, 그럴 때면 이 업계에 대한 환멸감이 들곤 한다. 나는 타인에 대한 이해도를 높이고 자기표현을 잘하고 싶고 가진 능력 중 가장 잘할 수 있는 게 연기라고 생각되어 이 길을 택한 것이지, 예술이라면 직업적으로 뭐든 다른 일을 할 수도 있다고 생각하는 사람이다.

절실하지 못하다고 하면 달리 변명할 길이 없지만, 내 목숨이나 신념을 내놓을 만큼 직업이 중요하다고 생각하는 편이 아니라서 부당한 대우를 당할 땐 참는 날보다 반발하는 날이 많다. 만약 내가 직업적으로 훌륭한 위치에 있지 않아서 누군가가 날 무시한다면 그 사람을 계속 존중할 수 있을까. 복수심이 불타오르는 건 아니지만 그런 사람들의 불친절에 미소로 화답할 생각까진 없다. 물론 이렇다고 해서 내가 배우라는 직업을 접고 사람들과의 관계를 단절하여 홀로 전원생활을 하겠다는 이야기는 아니다. 바쁘고 치열하게 살아가는 삶 속에서도 인간적인 면모를 잃지 말고 관계라는 것의 본질에 대해 고민하며 살아가야 한다는 것이다.

각자의 생존권을 얻기 위해 경쟁하며 살아가는 것이 요즘 시대의 삶이라지만, 좋아하는 일이든 해야 해서 하는 일이든 피곤한 하루를 보내고 나면 명함 같은 건 넣어두고 편하게 우스갯소리 하며 술잔 부딪힐 수 있는 친구 하나 곁에 두고 살자는 푸념이다.

연극 〈그럽에도 불구하고〉를 앞두고

내 사랑 하나 제대로 하지 못하는 주제에 감히 사랑에 관해 글을 써보았다. 한 여자를 사랑하는 남자 연기도 한다. 2인극으로 네 편에 걸쳐 진행되는 공연 중 두 편을 직접 썼는데, 살아가며 하는 흔한 사랑 이야기다. 사랑을 정의하거나 삶의 의미를 느끼게 해줄 만한 거창한 작품은 아니고 동네 카페나 골목 언저리 술집에서 하는 친구의 연애 이야기나 금실 좋은 부부의 연애 시절 에피소드 같은, 그저 그런 15분짜리 사랑 이야기들이다.

사랑은 참 하찮다. 그토록 깊은 사랑을 했음에도 이별은 말 한마디, 그 한순간이다. 그들의 사랑이 3개월, 3년, 5년, 7년이 되어도 마찬가지로 어제는 분명 사랑한다고 말했어도 한순간에 끝나버린다. 그때부터는 어김없이 남이 되어 더는 밥을 먹었는지, 밤늦게 다른 이성과 술자리를 하는 건 아닌지, 잠은 잘 잤는지, 아픈 데는 없는지 매일매일 물을 필요와 권리가 단 하루 만에 사라진다. 물론, 마음은 하루 만에 소멸할 리 만무하지만.

이야기 두 개 중 하나는 인내와 이해에 관한 이야기고, 하나는 노력에 관한 이야기다. 몇 년 전만 해도 사랑은 운명이고, 운명적인 만남에는 별다른 노력이나 인내가 필요하지 않다고 착각하며 살아왔던 나에게 쉽게 사랑하고 포기했던 속죄가 조금 담겨있는지도 모르겠다.

요즘은 작은 일에도 생각할 시간이 많이 필요해졌음을 느낀다. '그렇구나'하고 넘어가기가 쉽지 않고, 고민해봐도 답이 떠오르지 않는 건 마찬가지지만 그래도 이런 시간이 좋다. 사랑은 그런 것 같다. 서로의 마음을 최대한 이해하려 노력하고, 사과하고 받아주는 일. 일일이 말하지 않아도 서로를 예민하게 살펴 가며 세상에서 제일 편안하고 서로에게 자존과 안식을 주는 내 편을 만드는 일. 다투어 연락을 안 하는 며칠 동안에는 일도 생활도 마비시키는 거룩하고도 하찮은 일. '그럼에도 불구하고'라는 말 한마디를 붙이며 다시 하게 되는 일.

책누나 프로젝트

이기적인 성격 때문에 연인, 친구들과 자주 다투던 4년 전의 나는 어떻게 해야 못난 고집을 고칠 수 있을까 고민했다. 다른 누군가를 연구하고 이해해서 표현해야 하는 직업으로서도, 내 생각과 다르면 무시해버리는 인간으로도 어떻게 하면 조금 더 타인의 처지를 생각하며 살 수 있을까 하는 고민 끝에 봉사활동을 해보자는 마음으로 여러 단체를 찾아봤지만, 개인 봉사자는 안전상의 문제 때문에 쉽게 받아주질 않았다.

그러던 중 SNS 메시지를 통해 평소엔 교류가 별로 없던 동기 수혜에게 '전자매체가 계속해서 발달하는 이 세상에서 아이들에게

종이책을 넘기는 즐거움을 알려주고 싶다'라는《책누나 프로젝트》를 소개받고 아이들에게 책을 읽어주기 시작했다. 처음엔 일요일에 삼청동을 오가다 도서관에 들르는 불특정 다수의 아이에게 읽어주었는데, 나는 아이들을 좋아하고 귀여워하지만 그렇게 가까이에서 오랜 시간을 밀접하게 들여다보고 대화를 나눠본 적이 없었다. 아이들은 순수하고 눈빛이 맑았다. 가끔 미운 말을 했지만 금세 미안해하며 다리에 매달렸다. 그렇게 나는 양천구의 두 기관과 효정학교(구 한빛맹아원) 등을 가끔 오가며 많은 아이를 만날 수 있었고, 그때마다 아이들에게 많은 것들을 배웠다.

앞을 보지 못하면서도 스스로 할 수 있다고 내 손을 놓고 걸어가는 아이를 보며 그간 어른들이 기회를 주지 않았다는 것을 깨달았고, 나중에 커서 뭐가 되고 싶냐는 질문에 직업을 답하지 않고 '사람들에게 행복을 주는 사람으로 크고 싶다' 대답하는 아이 앞에서 눈물을 훔쳤다. 친구가 잘못했는데도 먼저 미안하다고 말하는 아이에게 이유를 물으니 괴롭힌 친구도 마음이 아플 것 같다고 하는 아이를 보고 나는 어떤 삶을 살았는지 생각하며 며칠을 집에서 괴로워했다.

과연 어떻게 살았던 걸까. 무엇에 찌들어 복수와 분노에 차서 세상을 살았을까. 물론 세상은 호락호락하지 않다. 모든 선택에는 책임이 따르고, 피해를 보고 잃은 것들로 미래가 망가질 수도 있는 세상이다. 하지만 아이들의 순수한 마음을 보며 내 가슴이 먹먹해지는 데에는 분명 나도 소중하게 생각하는 무언가가 있다고, 그러니 그것을 가슴에 품고 지키며 살아가자고 다짐했다. 그 후로 나는 많이 변했다. 세상의 부당함에 맞서 지혜롭게 싸워나가야겠다고 생각했고, 아이들의 미래를 위해서라도 젊은이들이 더 안전한 세상을 만들어 나가야 한다고 생각했다.

이 모든 것들을 알고 느끼게 해준 것이 《책누나 프로젝트》이며, 프로젝트의 수장 '대빵 책누나' 수혜다. 수혜는 친구뿐만 아니라 사람으로서도, 리더로서도 존경하는 사람이다. 이런 리더라면 따를 수 있겠다, 부하가 되어도 힘들지 않겠다 싶은 사람. 수혜의 눈에는 항상 피곤이 고여있다. 그 피곤 덕에 가끔은 무기력해 보이기도 한 수혜를 보면 더 열심히 해야겠다고 생각한다. 리더의 피로가 나의 우울이 되어 그 우울을 극복하기 위해 리더의 일을 덜어주고 싶다고 생각하게 되면서 더 오래 그녀 옆에서 일하고 싶다고 생각했다.

그런 수혜가 오늘. 성실하고 자상한 남자 희중과 결혼했다. 둘을 식장에 나란히 세우고, 부부가 되었음을 알리고 시작을 응원하는 힘찬 행진을 내가 외칠 수 있었다. 누군가의 행복을 이렇게까지 진심으로 바랄 수 있을까, 사이좋은 친구 같은 수혜와 희중 부부의 앞날에도 힘든 날은 있을 것이다. 행복한 날 속에 군데군데 힘든 날이 찾아와도, 그럼에도 불구하고 사랑과 희망이 전부라는 것을 아는 이들이기에 영원히 행복하길 진심으로 빈다.

인간답게 사는 법

효정학교를 마지막으로 올해《책누나 프로젝트》활동을 모두 마쳤다. 2014년에 참여하기 시작한 책누나 활동은 벌써 육 년이 넘었다. 내 인생에서 연기 이외에 이렇게 오랫동안 꾸준히 해 온 일은 이 프로젝트가 유일하다. 나 같은 경우는 목소리가 크고 낮아서 주로 공룡, 괴물, 아빠 같은 역할을 자주 맡고, 아이들과 단체로 하는 놀이를 진행하는 임무가 자주 주어진다. 처음에는 누가 뭘 할지 서로 미루기도 했지만 5년쯤 같이 지내다 보니 이젠 누가 뭘 잘하는지 알고 척척 역할을 나눌 수 있다.

취준생들은 취직하면서 책누나를 많이 떠나게 된다. 주로 평일 오후 활동이 많아서 평일에 일하는 직장인들에게는 주말에 활동하는 기관으로 추천하곤 하는데, 평일 내내 열심히 일한 직장인이 겨우 이틀 쉬는 주말에 봉사를 나오는 것도 쉬운 일은 아닐 것이다. 그럼에도 꾸준히 시간을 내주는 그들에게 고마운 마음이다. 책누나 중에는 천안에서 서울까지 와서 활동하는 친구도 있다. 다른 기관 지원도 자주 나오는 그 친구는 아이들과 눈높이를 맞춰 친구처럼 대해주는 데에 능통하다. 그 친구를 보면 아이와 사람을 정말 좋아한다는 것이 느껴져 나도 덩달아 우리 단체를 더 사랑하게 되었다.

《책누나 프로젝트》를 통해 정말 많은 것을 배웠다. 다양한 분야에서 일하고 있는 사람들과 함께 활동하며 세상이 넓다는 것을 배웠고, 가지각색의 성격을 가진 아이들을 각각으로 맞춰주며 '개인'에 대해 배웠다. 나는 사회라는 곳 안에서 단체를 통해 개인의 의견을 무시한 적이 없었나 자꾸만 생각하게 된다. 개인과 개성, 각자의 권리는 소중한 것이다. 예전에는 측은한 마음으로 아이들을 바라보았다면 이제는 기특한 마음으로 아이들을 바라보게 된다.

아이들은 저마다 장단점이 있는데, 신비한 능력을 가진 친구가 아주 많다. 아직 말은 못 하지만 피아노를 곧잘 연주하는 친구도 있고, 한 번 들려준 이야기를 거의 처음부터 끝까지 읊을 수 있는 친구도 있다. 솜을 만지고는 구름 같다고 하고, 방울을 만지고는 지구 같다고 한다. 예측할 수 없는 아이들을 보고 있으면 질문에 함부로 답을 해줄 수가 없다. 내가 해주는 대답이 아이의 세상을 결정할 수도 있다. 답을 틀리더라도 스스로 찾을수록 개성이 짙게 묻어난다.

내 인생의 가치관을 바꾼 세 가지 순간을 뽑는다면 첫째는 군대에서 보초를 서며 스스로 던진 수많은 질문에 답했던 시간과 둘째는 기득권의 횡포에 불편함을 토로하고 학교를 떠나신 교수님이 해주신 주옥같은 말씀을 들었을 때, 셋째는 바로《책누나 프로젝트》를 하면서다. 덕분에 '인간답게 사는 삶'을 궁금해하게 됐고, 더 쉽게 눈물 흘리고 더 자주 웃을 수 있게 됐다. 내 것을 나눠줄 수 있게 됐고 소유보다 존재가 소중하다는 것을 알게 되었다. 아이들에게 이토록 많은 것을 배우게 됐으니 앞으로《책누나 프로젝트》가 더 채워 나가야 할 것은 무엇일까 생각하지 않을 수 없다. 여태 무엇을 해왔는지, 어디로 나아가야 하는지 다시금 생각해보며 올해의 책누나를 마친다.

봉사자 모집

언젠가 청운보육원 봉사자가 세 명이나 부족한 것을 뒤늦게 알고 급하게 봉사자를 구한 적이 있었다. 청운보육원은 3세 정도의 아이들로 아직 말을 못 하는 아이들도 있고 낯선 봉사자들 앞에서 울음을 터뜨리는 아이들도 있다. 책보다 미끄럼틀을 좋아해서 책을 들고 왔다가도 십 초 만에 일어나 놀이터로 우리를 끌고 가는 아이들도 있다.

보육원 측에서는 아이들이 아직 의사 표현이 미숙한 데다 여기저기 부딪히고 넘어지기 일쑤니 안전을 위해서 아이마다 봉사자를 한 명씩 붙여주기를 원했고, 타 기관과는 다르게 인원수를 맞춰 아이들이 안전하게 책 읽는 시간을 마련하는 데 신경 썼다. 하지만 평일 오후 봉사에 참여할 수 있는 봉사자가 많지 않았고, 기존 멤버들도 프리랜서들이 대부분이다 보니 참여의 변수가 많아 꾸준히 참여하는 봉사자들이 어려움을 겪곤 했다. 급하게 봉사자를 구하는 메시지에 천안에서 달려와 준 책형과 일일 책누나로 참여해준 후배가 있어 천군만마를 얻은 기분이었지만 끝내 한 명을 더 구하지 못해 이번 달에도 보육원과의 약속을 지키지 못했다.

봉사의 형태는 다양하게 존재한다. 도움이 필요한 곳도 도움을 주는 존재도 각자 원하는 것이 다르다. 자금이 필요한 곳도 있고 인력이 필요한 곳도 있으며 능력이 필요하거나 홍보가 필요한 곳도 있다. 누군가는 노인이 편하고 누구는 아이가 편하며, 노동이 편하거나 기부가 편한 사람도 있다. 어떤 이는 남모르게 돕고, 어떤 이는 남들이 도울 수 있게 장려하며 돕고, 어떤 이는 본인이 좋은 일을 했음을 뽐내기도 한다. 방법이 어떻든 그저 소외된 이들이 줄어들고 필요한 이들에게 도움이 전해지는 것으로 더 따뜻한 세상이 오기를 바랄 뿐이다.

솔직한 마음으로는 다른 단체가 부럽기도 했다. 봉사자금 백만 원 남짓을 모으기 위해 책누나, 책형 육칠십 명이 몇 달을 준비해 콘서트를 열었던 날이 허탈하게 느껴지기도 했고, 유명 인사들의 책 서너 권을 공수하기 위해 아는 인맥을 전부 끌어다 쓰기도 했던 날을 생각하며, 나중에 성공하면 모금 때문에 이렇게 고생하지 않도록 내 돈으로 책누나 도서관을 건립하거나 특수학교 건립 모금을 하면 혼자 다 내겠다고 허풍을 치기도 했다. 언젠가 《책누나 프로젝트》도 정말 큰 단체가 되어서 너도나도 참여하고 싶어 하고 유명 인사들이 적극적으로 홍보하고 기부해주는 날이 오면 좋겠다는 생각이지만, 정작 우리에게 당장 필요한 건 평일 오후에 아이들에게 책을 읽어줄 서너 명의 봉사자다.

나를 아빠라고 부르며 안아달라고 손을 뻗는 아이들, 한창 뛰어놀 시기에 같이 뛰어놀 대상이 없는 아이들. 아직 글자를 읽을 줄 모르는 아이에게 본인의 이름을 쓸 수 있게 도와주는 누군가가 생기길 바라는 마음으로 오늘도 글을 쓴다. 아이 혼자 돌아다니는 일 없이 언니, 오빠들의 무릎 위에 앉아 즐겁게 책을 읽는 청운보육원 도서관의 모습을 상상하며.

즐거운 고민

태어날 때부터 지금까지 가르침을 준 수많은 사람들이 있다. 그 중에는 분노를 준 사람이나 크게 의미를 주지 못해 잊힌 사람도 있지만, 지식뿐만 아니라 살아가는 데 있어 힘이 될 좋은 생각과 가르침을 준 사람들도 있다.

처음 다닌 연기 학원은 방송 출연을 할 수 있는 학원으로 유명했다. 이제 막 연기 공부를 시작하는 학생들은 대부분 연예인 보는 걸 신기해했고, 나 또한 그랬지만 매일 대사 하나 없이 연예인 구경만 하다 끝나는 촬영장이 아쉽기도 했다. 그러던 어느 날 한 선생님이 독백 하나를 건네면서 인기 많은 배우가 되는 것도 좋지만 꼭 연기 잘하는 배우가 되길 바란다고 했다. 짧은 순간이었지만 임무가 주어진 것 같은 기분이 들었고, 그날 이후로 연기에 대한 호기심이 흥미로, 흥미가 꿈으로 바뀌어 배우가 되고 싶다고 생각했다.

열여덟에는 방송보다는 연극이 하고 싶어서 학원을 옮겼다. 학원엔 잘하는 사람이 많아 항상 욕심을 부려야 했다. 특별히 나를 예뻐하던 선생님은 항상 내 두 손을 붙잡고 눈에 영혼이 있어야 한다고 했다. 선생님의 눈빛은 진심이었고 선생님의 당부는 나를 더욱 노력하게 했다. 고등학교 야간자율학습을 빼고 연기 학원에 다니겠다고 했다가 쫓겨나다시피 전학을 갔는데, 담임은 너 같은 게 어떻게 서울에 있는 대학에 갈 수 있겠냐며 놀려고 꾀를 부린다고 했다. 전학 간 학교에서는 예술가가 왔다며 반겨주신 담임 선생님 덕분에 필요한 수업 위주로 열심히 듣고 자유시간엔 음악실에서 자유롭게 연습했다. 학교 측의 배려로 학교와 학원을 편한 마음으로 다닐 수 있었고 원하는 학교에 합격했다.

대학에서는 좋은 선생님들이 더 많았다. 원하는 것을 가르쳐주시는 분들이니 워낙 존경심이 생기기도 했고, 잘하는 친구들이 많으니 수업 준비를 많이 해 간 탓도 있었다. 동료들은 워크숍이나 제작 실기 같은 연극 오디션에서 주인공을 못 따내면 울곤 했는데, 그때 한 교수님이 '좋아하는 일을 잘하려고 하는 건데, 슬퍼하고만 있을 게 아니라 어떻게 해결할 수 있는지를 즐겁게 고민해봐라.'라고 하셨다. 그 말은 지금도 삶의 지표가 되어 절망에 빠질 때마다 되새기곤 한다. 더불어 우리가 아직 대학생임을 인지시켜주시고 자신을 정확히 볼 수 있도록 자기 객관화를 할 수 있게 해주셨다. 나의 '키팅' 선생님이었다.

몇 년이 지난 뒤 대학로에서 연극으로 데뷔하게 된 나는 설레는 마음으로 선생님을 초대했지만, 칭찬을 받지는 못했다. 선생님 눈에는 당연히 아직도 멀었을 텐데 유독 기대한 탓에 실망도 컸다. 하지만 실망도 잠시, 어떻게 해야 더 잘할 수 있는지 즐겁게 고민하는 시간을 더 많이 갖게 되었다. 어쩌면 선생님은 그걸 바라고 말씀을 아끼셨을까.

독립영화 등으로 활동하다가 졸업을 위해 복학한 후에는 조금 외로웠다. 후배들보다 기수도 워낙 높은 데다가 TV 드라마도 아니고 독립영화를 찍겠다는 이유로 수업을 빠지니 여기저기서 외면당했다. 그때 매체 수업 선생님이 나를 응원해주셨다. 작은 현장이라도 카메라 앞에 서보고, 경험을 쌓아왔다는 것을 기특히 여겨주셨다. 경험의 힘을 믿으라며 응원해주신 덕에 다시 밖으로 나갈 수 있었다.

스승의 날에 기억에 남는 몇 분께 연락을 드렸다. 어떤 분은 SNS로 성장하는 모습을 잘 보고 있다며 응원해주셨고, 어떤 분은 넌 기적과도 같은 제자니 포기하지 말라고 해주셨다. 그분들의 응원을 들으니 내 꿈이 단지 나 하나만의 꿈은 아닐지도 모르겠다는 생각이 들었다. 어쩌면 그분들의 바람은 내가 꿈을 꾸는 것만큼 크지 않았을까. 자랑스러운 제자가 되고 싶던 나는 어디로 나아가고 있을까.

좌우명

'인생의 좌우명이 무엇이냐'는 질문에 좋아하는 문구나 명언을 대답하곤 한다. 하지만 한 가지의 명언을 모든 상황에 대입시켜 생각하고 행동하다 보면 때로는 혼란스러워진다. 예를 들어 '대의를 위해 소의를 버려야 한다'던가, '큰일을 먼저 하라, 작은 일은 저절로 해결될 것이다' 같은 명언은 길고 긴 삶을 바라보는 데 있어 별것 아닌 일에 너무 얽매이지 말라는 뜻에서 도움이 된다. 하지만 레이스 내내 자길 괴롭힌 건 호흡이나 갈증이 아니라 운동화 안에 들어간 작은 돌멩이가 계속 신경 쓰였다는 한 마라토너의 이야기처럼 사소한 문제를 해결하지 않으면 큰일을 하면서도 계속해서 마음이 쓰인다는 생각이 든다.

이건 좀 다른 얘기일지 모르겠지만, 아침부터 비가 내리길래 문제는 없나 살피고 청소도 할 겸 옥상에 올라갔더니 아니나 다를까 물이 가득 차 계단으로 넘쳐 내릴 지경이었다. 자고 있던 사이에 비가 이렇게나 많이 왔나 생각하던 중 살펴보니 일 층으로 물을 내리는 하수구 구멍 위에 작은 신문지 조각이 있었다. 신문지 조각은 '우린 작지만 끈기가 있어 절대 찢어지지도, 흩어지지도 않아' 같은 생각이라도 하는지 떨어지는 물줄기에 세차게 흔들리면서도 구멍 한가운데를 끈질기게 지키고 있었다.

신문지 조각을 치우자 작은 소용돌이를 만들며 물은 서서히 빠져나갔고 마침내 옥상의 물이 다 빠져 깨끗해졌다. 큰일을 바라보고 생각하되 마음이 쓰이는 작은 문제들을 조금씩 보살피면 생각지도 못했던 큰일이 보다 쉽게 해결될 수도 있다. 혹여 해결은 안 되더라도 불편했던 마음에 평안과 행복을 가져다줄 수 있다면 작은 일은 결코 작은 문제가 아닐 것이다.

연극

혼자 해내기는 무리인 공동 작업을 오랜 시간 함께 하다 보면, 서로의 고충과 불만을 눈치껏 알아주게 된다. 또한, 격려와 이해의 마음이 담긴 눈빛만으로도 각자의 욕심을 헤아릴 수가 있다.

각자 맡은 바를 잘하고 싶어서 부리는 날카로운 욕심들이 부딪히고 으깨져 생긴 틈 사이로 각각의 마음이 스며들고, 모세혈관처럼 얇은 선들로 서로가 이어질 때 생기는 연대로 더 큰 힘을 가질 수가 있다. 쌓이는 연대 속에 다툼이 잦아질 때도 더러 있지만, 옹기종기 모여 식사를 하고 농담을 하다 보면 힘없이 풀어지는 매듭처럼 긴장이 느슨해지고 웃음이 터져 나온다.

그렇게 다 먹은 상을 치우고 누군가가 두어 번 손뼉을 치며 조금만 더 힘을 내자고 하면 저마다 미소를 띠며 다시 자리로 돌아간다. 쉬는 시간에 건네는 한 마디의 응원과 한 공간 안에서 별다른 대화도 없이 각자의 일을 준비하는 시간 동안 느끼는 고요한 결속 안에서 나는 행복을 느낀다.

무엇을 하면 이토록 낯선 사람들과 이리도 짧은 시간 안에 하나라는 생각이 들 수 있을까. 이렇게 짧은 시간을 보고도 금세 다시 보고 싶을까. 피곤에 물든 그들의 입에서 나온 수고 했다는 진심 어린 한마디가 그토록 위로가 될까. 더 잘해야지, 자주 해야지. 이렇게 재미있는데 또 해야지. 또 만나야지.

촉각 도서

어른이고 아이고 전자기기를 가지고 노는 것이 당연해진 세상에서 《책누나 프로젝트》에서 책형이 되어 아이들에게 책을 읽어주며 아이들을 보고 있자니 자꾸 과거가 떠올랐다. 나는 자신을 부정하고 싶지 않아 억지로 반성과 후회를 거부하며 살던 사람이었다. 보호를 명분으로 타인에게 공격적이었고, 반성하지 않으려는 아집은 결국 다시 나에게 돌아왔다. 그 탓에 소중한 사람을 몇 잃기도 했다.

특히 못된 말을 하는 아이들에게서 과거의 나를 찾을 수 있었다. 관심과 사랑을 갈구하는 아이가 과격한 표현을 쓰며 주의를 끌 때,

다른 표현을 찾아주는 것만으로도 아이는 달라졌다. 혹은 이미 올바른 표현을 알고 있었지만, 자신의 존재성을 더 뚜렷하게 나타내려 애쓰는 아이에게는 인정의 말이 필요했다. 그러니까, 조금만 알아주면 되었다.

책누나를 하면서 만난 아이들이 가진 가능성, 희망, 열정, 결핍, 우울, 욕심 등을 마주하며 그들의 미래에 대해 생각해보았다. 어떤 성인이 될까. 어떻게 해야 나보다 덜 외롭고 덜 우울한 시대를 살아갈 수 있을까. 본인의 꿈에 집중할 수 있되 관계없는 것에도 관심을 주고, 온전히 자신을 사랑하되 타인을 존중하는 사람으로 자라나면 좋겠다고 생각했다.

연기를 가르쳐달라는 학생들에게 처음으로 하는 말은 주변을 잘 관찰하라고 한다. 배우는 나 자신이 아니라 다른 이가 자주 되어야 하고 다른 이가 곧 내가 되어야 하니 다른 사람은 어떤 행동을 하고 어떤 습관을 지니고 있는지, 그런 사람이 어떤 일을 하며 살지, 어떤 생각과 마음을 품고 살아갈지 주변을 잘 살피고 감히 상상해야 한다. 결국 배우라는 건 타인을 이해하는 일인데 이해라는 건 생각보다 어려워서 평생을 사랑한 사람 마음 하나도 잘 모르니, 어찌 쉽게 타인을 이해할 수 있을까. 끝도 없는 숙제를 풀고 있다.

우리가 읽어준 책을 듣고 자란 아이들이 앞이 보이지 않는 아이들을 위해 촉각 도서를 만들겠다고 한다. 안대를 끼고는 여기저기 부딪혀 5m도 걸어가지 못하고 안대를 벗어 던지는 답답함. 눈을 감고 밟아나가던 보도 위의 점자블록이 어느 순간 사라지고 여기저기서 날카로운 경적만 들릴 때의 공포감. 이러한 불편함을 일상으로 받아들이며 살아야 하는 아이들에게, 눈 대신 손으로 세상을 만지고 느끼라며 촉각 도서를 만든다는 아이들이 기특해 눈물이 났다.

아이들은 촉각 도서를 만지면서 진짜 달팽이 같다고 좋아했다. 달팽이를 본 적이 없는 아이들이 달팽이를 만져본 적은 있을까. 밖을 뛰어다니는 것은 물론이고 돌아다니기조차 어려운 아이들이, 비 온 다음 날 아파트 단지 정원 풀잎 위에 앉은 달팽이를 만져보거나 잡으려고 하면 금세 자리를 뜨는 무더운 여름의 잠자리를 잡아보는 일이 평생에 있을까. 그런 아이들을 위해 세상을 점자에 담아서 아이들의 방 안에 모아둔다. 우리는 이런 것들을 세상 곳곳에서 너무 마음껏 즐기고 있으니, 마음에 남는 만큼이라도 함께 나누자고 촉각 도서를 만들겠다는 아이들에게 또 한 번 감동하며 집으로 돌아간다.

엄마에게

엄마, 나는 어려서부터 인사성도 밝고 애교가 많아서 어른들이 많이 예뻐해 줬잖아. 엄마 가게에서 손님들이 다 보는데 그 앞에 나가 춤도 추고 노래도 불렀잖아. 그래서 엄마가 나는 커서 연예인이 될 것 같다고 했잖아. 근데 진짜로 음악이랑 영화를 좋아해서 형이랑 맨날 비디오 빌려 보고 라디오 녹음해가면서 놀고, 중학교 때는 밴드도 하고 유럽 여행 갔다가 뮤지컬 보고 반해서 연기하고 싶다고 했잖아. 나는 기억해, 사람들이 다 나보고 무슨 연기를 하느냐고 할 때 엄마는 잘할 것 같다고 했잖아. 나는 엄마가 응원해 준 거 기억해.

그래서 내가 연기한다고 열여덟에 서울 와서 자취 시작하기 전까지 여기저기 신세 지며 살았잖아. 돌이켜보면 감사한 일투성이지만 그땐 가족이랑 떨어져 다른 집에 얹혀사는 게 눈치도 많이 보이고 주눅도 들고 그랬는데 그래도 연기가 너무 재미있어서 하나도 안 힘들었어. 연기가 진짜 너무너무 재미있어서 온종일 연습해도 힘든 줄 몰랐어. 지치지도 않고 밤을 새워도 쌩쌩했어. 대학에 합격하고 이제 성공하는 일만 남은 줄 알았어. 대학교 졸업하기도 전에 스타가 돼서 엄마한테 차도 사주고 집도 사줄 수 있는 줄 알았어. 근데 학교 좀 다니다 처음 들어간 회사에서 연습생 하다 나오고 군대 다녀오니까 스물다섯이더라? 그때까지 연기로 돈 한 푼 못 벌었어.

엄마, 그래도 연기가 재미있으니까 하루에 아르바이트 열 시간씩 하면서도 계속했어. 엄마는 매달 용돈을 보내주는데 나는 바보같이 그걸로 술이나 사 먹었어. 엄마가 새벽까지 삼천 원짜리 생맥주 팔아서 보내준 돈으로 생맥주 사 먹었어. 열심히 살았다고 생각했는데 지금 와서 보니 노느라 바빴네. 엄마한테 차도 사주고 집도 사준다고 해놓고 월세도 못 내고 살았어. 서른이 진짜 금방이더라. 엄마는 서른에 결혼해서 형이랑 나랑 낳아서 한 손으로는 형 잡고 등에는 나 업고 돈 벌었잖아. 엄마가 리어카 끌고 장사할 때 오르막길에서 한 발 디디면 리어카가 뒤로 두 바퀴 가고, 다시 한 발 앞으로 가면 다시 뒤로 두 바퀴 가서 힘들었다는 얘기를 떠올리면 지금도 눈물이 나. 뒤도 못 돌아보고 앞으로 밀어야만 했던 리어카

안에서 엄마는 얼마나 무서웠을까. 서른셋이 되었는데 기미가 보이질 않아. 이 길이 진짜 맞는 건지, 계속해도 되는 건지, 몇 년 전에 방송한 케이블 드라마 채널을 틀어놓고 내가 나올까 봐 재방송을 기다리는 엄마를 보면 숨이 차. 우리 엄마가 이렇게 예쁘게 키워줬는데 도대체 드라마 한 편 나오는 게 왜 이렇게 힘든지 화가 나.

나는 진짜 트로피 같은 거 필요 없어. 상 같은 거 안 받아도 되는데 사람들 다 보는 데 앞에 나가서 엄마한테 고맙다고 한마디만 하고 싶어. 엄마가 나 키우느라고 진짜 진짜 고생 많았다고 한마디만 하고 싶어. 엄마 진짜 고생 많이 했잖아. 나 스타 안 해도 돼. 송강호, 최민식만큼 연기 잘하지 않아도 돼. 그냥 돈 걱정 안 하고 내일 걱정 안 하면서 살고 싶거든? 그러면 연기만 그만두면 되는데, 그래서 아르바이트를 하든 취직을 하든 해서 월급 받고 그 돈 저축해서 계획도 세우고 살면 되는데, 이상하게 연기가 포기가 안 돼. 나 단 한 번도 목숨 건다고, 이거 아니면 죽는다는 소리 해본 적 없는 사람인데 자꾸 이걸 하게 돼. 엄마, 그래서 내가 조금 더 해볼 건데, 엄마 괜찮아? 엄마 친구들이 다 전화해서 네 아들 텔레비전 나온다는 소리 듣기 지겨울 때까지 해도 돼? 엄마 차랑 집 더 늦게 사줘도 돼? 엄마는 단 한 번도 나보고 그만하라고 한 적 없잖아. 마음 편하게 먹고 차근차근하다 보면 좋은 날 올 거라고 엄마가 맨날 얘기했잖아. 그러니까 엄마는 나보고 그만하라고 할 자격 있어.

있잖아. 근데 엄마. 나 엄마 말 믿고 더 해봐도 돼? 나 예전처럼 연기가 재미있는 것도 아니고 열심히 하는 것도 아닌데, 계속하고 싶어. 남으로 잠깐 사는 게 뭐라고 이렇게 하고 싶을까. 근데 엄마, 남으로 잠깐 살다 보면 남의 마음을 좀 알잖아. 나는 남의 마음을 알 것 같을 때 내가 되게 사람 같다? 너무 인간처럼 느껴지는 거야, 누군가의 마음을 알아준다는 게. 누가 내 마음 알아주면 눈물 나잖아. 그러니까 남으로 잠깐 사는 거 사실 진짜 대단한 거다? 엄마는 내 마음 알잖아. 엄마도 진짜 대단한 거야. 그러니까 엄마, 나 조금 더 해봐도 돼?

여행

형이 스무 살이 되고 나는 중학교 졸업을 앞둔 겨울 방학. 제주도도 한 번 못 가본 우리 형제는 유럽으로 배낭여행을 떠났다. 독일을 경유하여 영국에서 여행을 시작해 이탈리아, 프랑스, 스위스 총 4개국을 14박 16일이라는 짧은 기간으로 다녀왔다.

당시 서울도 몇 번 안 가 봤던 우리는 공항도 처음, 비행기도 처음, 해외도 처음이어서 잔뜩 긴장한 상태로 여행을 떠났다. 혹시나 길을 잃거나 비행기를 놓치면 어떻게 하나, 나쁜 사람들을 만나 돈을 빼앗기는 건 아닐까 걱정스러운 일이 한둘이 아니었지만, 막상 도착한 유럽은 여행 내내 감탄의 연속이었다. 멋진 건물들과 고풍

스러운 분위기, 서유럽 특유의 분위기와 음식들, 아무에게나 말을 붙이고 친구가 됐던 사람들, 게다가 나는 미성년자라 못 먹는 척하기 힘들었던 값싼 맥주까지. 물론 위험한 상황도 있었지만 지금까지도 잊지 못할 소중한 경험이고 추억이 됐다.

요즘 고민하는 문제가 있다. 인터넷에서 우연히 강의를 봤는데 소유보다는 경험하고 존재하는 소비를 많이 해야 한다면서 "새로 산 옷에 관련된 이야기는 한 달 정도 할 수 있을지 모르지만, 다녀왔던 여행에 관련된 이야기는 십 년이 지나도 커다란 가치를 지니며 수많은 이야깃거리를 생성해낸다."라고 말했다. 개인적으로 딱히 옷에 관심이 없어서 그런지도 모르겠지만 작년에 마음에 들어서 구입했던 청바지는 해가 지나고도 단 한 번도 꺼낸 적이 없지만 열여섯 살 마지막에 떠났던 유럽 여행 이야기는 십오 년이 넘은 지금도 자주 꺼내곤 한다. 유럽뿐만 아니라 그간의 여행을 통해서 정말 많은 것을 얻었다. 새로운 문화와 경험, 낯선 사람들과의 만남으로 인한 가치관의 변화, 다양한 시각과 독특한 발상. 그리고 그곳엔 내가 존재했다.

에리히 프롬의 〈소유냐 존재냐〉를 읽고 인상 깊었던 구절이 몇 개 있는데, 그 중 '만약 나의 소유가 곧 나의 존재라면 나의 소유를 잃을 경우 나는 어떤 존재인가?'라는 말이 기억에 남는다. 물론 무소유로 살아가는 건 불가능하다. 생활비도 필요하고, 언젠가 가족이 생기면 함께 살아갈 집도 필요하다. 게다가 자식들이 먹고 싶어

하는 맛있는 음식도 사줘야 할 것이고, 갑자기 병이라도 난다면 수술비도 내야 한다. 만약 성공한 상태로 십 년을 살다가 집도, 돈도, 직업도 사라진다면 무엇으로 나의 존재를 증명할 수 있을까. 곁엔 누가 남아있을까. 날이 갈수록 새로운 가치들과 부딪히며 매일 새롭게 나를 점검한다. 무엇이 변해가고 있는지, 어떻게 나아가고 있는지 고민이 많아지는 하루하루를 보낸다.

나는 현명한 선택과 판단으로 삼십 대를 잘 꾸려나갈 수 있을까. 소유와 존재의 균형은 계속 변해가고 그 가운데에 선 나는 깊은 고민에 빠진다.

느끼한 나의 글

스크롤을 내리기도 바쁜 SNS에 긴 글을 쓴다고 여러 평을 들었다. 느끼해서 읽기 힘들다는 말도 들었고, 너무 길어서 읽다 지친다는 혹평도 들었다. 좋은 평도 있었다. 비슷한 입장이라 위로가 된다는 말도 들었고, 따뜻함이 느껴진다는 응원도 있었다. 다행히 글을 쓰는 게 직업이 아니라 사람들의 평가에 대한 두려움이 크지 않은데, 아마도 직업으로 글을 쓰는 사람들은 이렇게 마구마구 글을 올려대는 내가 부러울 수도 있겠다는 생각이 든다.

나도 지금이야 스스로를 열심히 알려야 하니 연기 영상을 여기저기에 올리고 있지만, 과거의 연기를 다시 보는 것은 너무 쑥스럽고 힘든 일인데, 글쓰기가 직업이었다면 이렇게 함부로 세상에 공개하진 못했을 것 같다.

침대 옆 일기장에 적던 것들을 인터넷에 쓰기 시작한 건 자유로워지고 싶다는 욕망에서부터 시작됐다. 잘난 세상에 못난 인생도 있다는 걸 보여주고 싶어 글을 쓰기 시작했는데, 자유로워지고 싶다는 것도 나의 불안이나 불편함을 세상에 고백하는 일과 일맥상통한다. 글이 느끼하단 말을 듣고 다시 쭉 읽어보니 창피하기도 하다. 멋있는 말을 하고 싶을 때 유독 그런 문제가 많이 발생하는데, 아직 담백하게 쓰는 방법을 몰라 어쩔 수 없다. 이래서 김영하 작가는 진심을 전하는 데에도 기술이 필요하다고 말했나 보다.

조승연 작가는 '오그라든다'는 말은 과거 '시적 전율'로 여기던, 깊이 이해하며 공감하던 우리들의 아름다운 감정을 왜곡한 것이라 말했다. 물론 상황을 넘어서는 지나친 표현에 경악스러울 때도 있지만, 진심을 표현하려는 많은 순간은 실제로 오그라들 때가 많다. 그건 진심을 표현하는 게 어색해서 그렇다. 솔직하게 생각나는 그대로 표현하는 것을 낯설어하니까.

나중에 내가 쓴 글들이 모여 책으로 나올 기회가 온다면 고쳐야 할 오그라드는 표현이 많겠지만, 흑역사를 받아들이기로 마음먹으면 몇 배는 용감해진다. 살면서 용감해질 만한 순간이 몇 없기도 하고, 적어도 글은 얼굴 내놓고 대면하는 일은 아니라서 그런지 조금 더 뻔뻔해진다. 이런들 어떠하리, 저런들 어떠하리. 좀 못 나면 또 어떠하리. 한 번 사는 인생, 하고 후회하는 게 안 하고 후회하는 것보다 후련하겠지. 하고 싶은 것 많이 하다 떠나는 즐거운 여행 되어야지.

이불 밖은 위험해

특별한 일이 없으면 집에 머무르기를 좋아하는 집돌이다. 온전히 원하는 것들로 채워 넣을 수 있다는 이유로 집이라는 공간을 좋아한다. 예컨대, 분위기 좋은 와인바에 마음에 드는 안주가 없으면 마트보다 몇 배나 비싼 와인 값이 아까워지기도 하고, 친구와 담소를 나눌 만한 작은 소줏집의 정체를 알 수 없는 시끄러운 음악은 나를 지치게 한다. 혹은 분위기와 식사, 함께하는 사람마저 완벽한 자리에서 마음을 채워 나가는 순간, 갑자기 들어온 단체 손님이 옆 테이블에 앉은 탓에 완벽한 식사가 한순간에 무너져 버리기도 한다.

반면 집이라는 공간은 분위기 좋은 바나 카페처럼 고급스러운 인테리어는 아니지만, 원하는 음악을 틀고 마시고 싶은 와인을 저렴하게 구입해 원하는 사람만 불러 나름대로 준비한 안주를 꺼내놓고 스탠드 몇 개를 켜놓으면 남 부럽지 않은 와인바가 된다. 게다가 외출할 때마다 혼자 집을 지키는 소중한 반려견 공칠이까지 옆에 눕혀놓고 있으니 세상에 필요한 걸 다 갖춘 모양이 아닐 수 없다. 예전엔 만족이나 행복이라는 것을 사회적인 활동이나 외부에서 주로 찾았던 것 같다. 물론 지금도 밖에서 누굴 만나 어디에 가서 무엇을 즐기느냐에 따라 내 삶의 질이나 가치가 달라지기도 한다. 무인도에 사는 게 아니니 불가피한 부분이라 생각한다.

하지만 부모님 세대들이 일생을 바쳐 저축해 온 돈으로 전원생활을 하며 노년을 보내는 것을 보면 그제서야 온전히 자신의 공간 안에서 마음 편히 살아가는 게 아닌가 싶다. 그래서 밖을 돌아다니며 사회성을 형성하기 바쁜 자식들은 아버지들이 왜 환갑이 다 돼 비싼 전축을 마련하는지 도무지 이해하지 못한다. 하지만 자신에게 가장 안전한 공간을 온전히 사랑하는 것들로 가득 채우려는 사람들은 그 마음을 이해할 수 있다. 언제든 좋아하는 것이 손에 잡히고, 이리 눕고 저리 누워도 좋아하는 것투성이인 집이라는 공간은 딱히 무얼 하지 않아도 행복을 준다.

이런 얘기를 하고 나니 커다란 거실에 편하게 누울 수 있는 소파와 집 안 구석구석까지 울려 퍼지는 성능 좋은 스피커가 있고 호텔 부럽지 않은 폭신폭신한 매트리스가 올라간 침대와 책으로 가득한 서재, 절로 요리가 하고 싶어지는 부엌과 반려견 공칠이가 마음껏 뛰어놀 만한 넓은 마당, 주민신고 걱정 없이 노래하고 술 마시며 떠들 수 있는 집에 살고 싶다는 욕심이 든다.

한 계절에 옷을 하나 살까 말까 하고 한번 구입한 물건을 십 년은 족히 쓰는 나에게 정작 필요한 건 어마어마하게 큰 집이다. 단순히 몇 년 벌어서는 해결하지 못할 이 문제를 어떻게 해결해야 하는지 고민하기 위해 내가 사랑하는 침대 이불 속에 누워 온수 장판의 따뜻한 온기를 느끼며 미래를 그려보는 월요일 아침이다. 따뜻하다. 이불 밖은 위험해.

별

옥상에 서서 어둡고 꾀죄죄한 서울의 밤하늘을 바라보고 있다가 저 먼 곳에서 투미하게 빛나는 별을 하나 겨우 찾아내면 괜히 나 같은 기분이 들어 반갑다.

넓은 하늘에 작은 점 같은 것이 남색 천지에서 혼자 노란빛을 내며 자기 존재를 알리려는 것도, 안개가 끼면 희미해지고 구름이 가리면 보이지 않다가도 바람이 그것들을 비켜내면 그 자리에서 유유히 빛나고 있는 것이 기특하기도 하다. 저렇게 떠 있는 것이 마치 호수 속에서 발을 구르는 백조처럼 남모를 고생을 하는 건 아닌지 오지랖 넓은 걱정을 하기도 하고, 외로운 인생에 말동무해줄 외계인이라도 하나 저 별에 사는지 궁금하다.

작은 별이 구름에 가려 잠시 안 보일 때면 방향을 돌려 커다란 달을 바라본다. 별을 보다가 달을 보면 저렇게나 가까웠나 싶다. 갑자기 '쿵' 하고 우리집 옥상에 떨어져서 다가가 보면, 잘 익은 달걀노른자 같지 않을까 하는 엉뚱한 상상을 하기도 한다.

달은 별처럼 짙게 빛나진 않는다. 공기 중에 떠다니는 물에 젖어 수채화처럼 은은히 퍼지고 파스텔 위를 휴지로 문지른 것처럼 하늘 언저리에 번져있다. 그래도 덩치가 커서 그런 탓인지 달을 바라보면 든든하다. 별처럼 쉽게 희미해지거나 가려지지도 않을 것만 같다. 하얀 구름이 앞을 가려도 자세히 보면 그 뒤에서 뿌연 노란 빛이 계속 거기 있다는 안정감을 준다.

희미해지고 가려지는 것이 꼭 슬픈 일만은 아니다. 가림막 하나 없이 계속해서 빛나려는 일은 피곤한 법이기에, 누군가 내 앞을 막아준다면 나는 그사이에 잠시 휴식을 할 수도, 다른 준비를 할 수도, 혹은 구름을 뚫고 나가려고 안간힘을 써서 한 단계 강해질 수 있을지도 모른다.

그래도 제일은 건너편 건물 위에 별 하나 더 떠 있는 것이 제일이다. 달처럼 친구 하나 없이 혼자 떠 있는 것보다야 이름은 달라도 비슷한 녀석 하나 더 있는 것이 좋다. 둘이 떠 있으면 '너'라고 부르는 동시에 '나'가 생긴다. '너와 나'라는 이름이 생기면 너에게는 내가 너이고 나에게는 네가 너이다. 서로를 너라고 부르는 일은 너와 내가 같은 말이 되는 일이다. 그리고 너와 내가 존재함으로써 우리라는 말이 생긴다. 너와 나, 우리.

행복을 바라보는 일.

몇 시간 동안 침대에 앉아 향초를 켜놓고 책을 읽는 일 / 음악을 틀어놓고 샤워를 하며 바보같은 춤을 추는 일 / 우울에 빠진 내 옆에 공을 물고 온 반려견의 머리를 쓰다듬는 일 / 소소하지만 직접 음식을 만들어 나름대로 분위기를 내는 일 / 별 내용도 없는 일기를 쓰고 그래도 잘살고 있구나 스스로를 토닥거리는 일 / 좋아하는 일을 하며 즐거워하고 만족하는 일

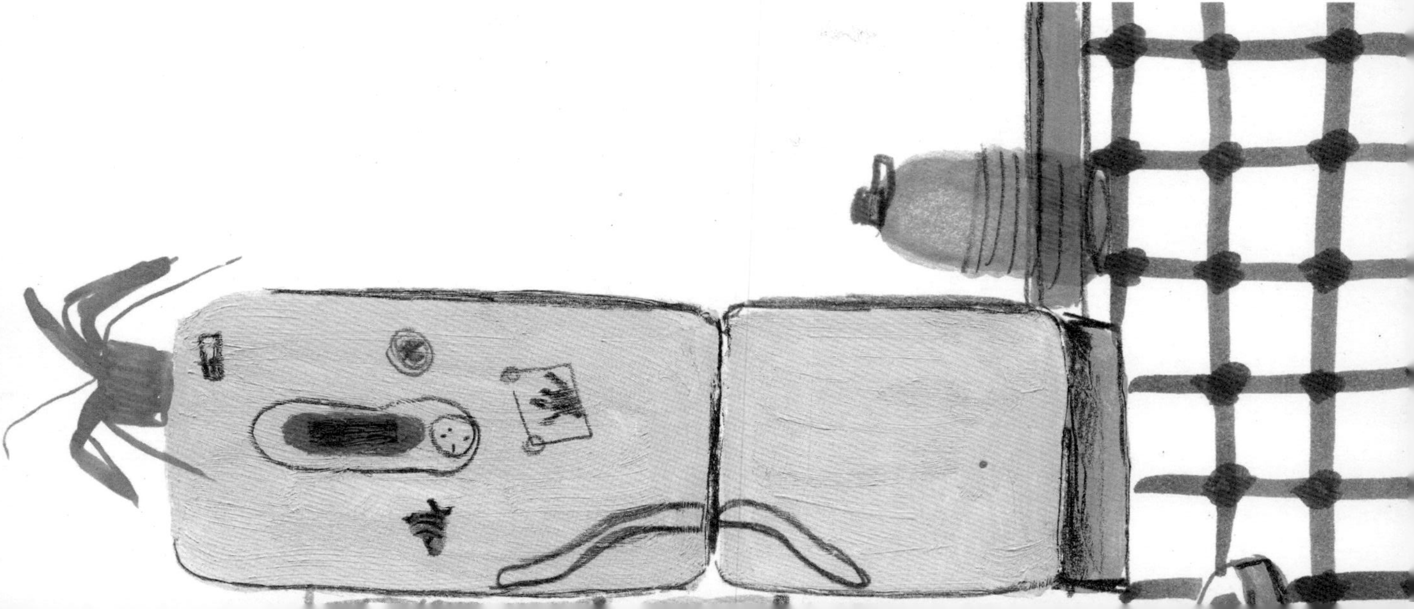

철사

라오스 여행 중에 치아교정기 철사가 빠져서 계속 입안을 찌르는 바람에 다른 일을 아무것도 할 수가 없었다. 철사가 워낙 튼튼해서 잘리지도 않고 라오스 치과라도 찾아서 가야 하나 어찌해야 하나 삐져나온 철사가 거슬려 온종일 사투를 벌인 끝에 자력으로 교정기를 뜯어버렸다.

의사에겐 혼날지도 모르겠지만, 철사가 아니라 내 이를 모두 뽑아 버리는 게 나을지도 모른다는 생각이 들 정도의 고통과 스트레스였기에 후회는 없었다. 사투 끝에 뜯어낸 철사는 온갖 방향으로 뒤틀리고 휘어져 있었고, 비로소 내 몸에서 떨어져 나간 그 날카로운 철사를 바라보다 눈물을 흘릴 뻔했다. 아주 사소한 이유로 어디 한 군데가 계속해서 아파본 사람은 이런 서글픔을 알아줄까. 얇디 얇은 철사의 휘어진 몇 mm 때문에 몇 시간을 거울 앞에 서서 입을 크게 벌리고 우스꽝스러운 표정으로 싸움을 하고서 이렇게 작은 철사로도 커다란 고통을 줄 수 있다는 것을 새삼 느꼈다.

여행을 함께 한 이들과 서로에 대한 진중한 대화가 많이 오갔는데 상대방을 공격하듯이 말하는 내 특유의 말투가 상대방에겐 불편하게 느껴질 수 있다는 말을 들었다. 평소 같으면 이런 얘기를 들을 때에도 "상관없어, 내가 편한 대로 하고 살 거야."라는 식이었을 텐데, 가까운 사람들이 진심으로 이런 얘기를 하니 아무리 독단적인 나라도 깊은 고민에 빠질 수밖에 없었다.

원래부터 공격적인 성향을 갖고 있지는 않았다. 초등학교 2학년 시절 생활기록부만 봐도 '내성적이고 친구들과 잘 어울리지 못함'이라는 말이 적혀있을 정도로 조용한 아이였는데, 이듬해부터 '리더십이 있어 주변 친구들과 잘 어울리며 단체활동을 주도해내는데 탁월한 능력이 있다'는 생활기록부를 받았고 이후로도 친화력 좋은 성격을 유지했다. 그런 이유로 학창 시절부터 주변에 친구가 많았는데, 개인적으로 그럴 수 있었던 이유 중에 하나를 뽑자면, 좋고 싫음이 분명한 스타일이기 때문이다. "그러던가", "상관 없어" 같은 대답보다는 "이거 할래", "싫어" 같이 분명한 선택을 하는 편이었다. 하지만 그런 성격이 항상 긍정적인 결과를 가져오진 않았다. 좋게 넘어갈 수도 있는 일 앞에서나 토의하는 자리에서도 굳이 날을 세워가며 의견을 피력했다. 일정 부분에서는 사이다 같은 존재가 되기도 했지만 무리해서 의견을 앞세워 자리를 불편하게 하거나 분위기를 흐릴 때도 있었다. 원래의 의도는 나쁜 관습이나 부정 등에 맞서기 위해 성격을 고수하고자 했는데, 의도와 달리 엉뚱한 곳으로 화살이 향할 때가 있었다. 할 말은 하고 살자는 게 안 해도 될 말까지 하게 된 꼴이랄까.

성격이 쉽게 바뀌진 않겠지만 날카로운 철사를 뽑아내고 한결 마음이 편해진 나를 보니 조금은 둥글게 살아볼까 싶은 생각이 들었다. 정신 건강을 위해서도 그게 여러모로 도움이 될 것 같고 세상에 널리 퍼져 있는 나의 적들이 조금은 날 덜 미워하지 않을까. 앞으론 더 겸손하고 상대방의 마음을 살피며 살아갈 테니 예쁘게 봐줬으면.

달리기

하루키는 달리기 마니아다. 역사가 깊은 보스턴 마라톤도 여섯 번이나 출전했고 그리스, 하와이 등 여러 곳에서 총 스물다섯 번의 마라톤 풀코스를 완주한 러너다. 케임브리지에 살 때는 매일 찰스 강변을 달렸으며 〈달리기를 말할 때 내가 하고 싶은 이야기〉라는 책까지 낸 소설가이자 러너.

타국이나 타지에서 달리기를 하는 하루키의 모습이 부러워 나도 언젠가 한 번은 해외여행 중에 달리기를 해보고 싶다고 생각했다. 하지만 여행 마다 과음을 하는 바람에 항상 실패했는데 라오스 여행에서는 꼭 아침 달리기에 성공하리라는 마음으로 배낭에 조깅화와 운동복을 챙겼다.

라오스는 덥고 비포장도로가 많았다. 길에는 오토바이가 많이 다녔고 처음 머무른 방비엥은 밤마다 축제 분위기라 매일같이 술을 진탕 마시는 바람에 전과 다름없이 늦잠을 자느라 조깅화를 신을 기회가 없었다. 그러던 중 세 번째 여행지인 루앙프라방에 도착했고 이곳이야말로 달리기를 해야 한다는 생각이 들었다. 라오스의 유럽이라고 불리는 루앙프라방은 서양인들이 많아 유럽식의 건물이나 레스토랑도 많고 매일 아침 여섯 시마다 탁발식이 있을 정도로 종교적 의식이 강한 곳이라 동네가 조용하고 경건한 마음이 들게 하는 곳이었다.

여행 7일째 되는 날 드디어 배낭 깊은 곳에 구겨져 있던 조깅화를 꺼내 신고 밖으로 나갔다. 탁발식이 끝나고 아침 식사를 하는 사람들을 지나치며 서서히 달리다 보니 이곳에 교통신호가 없다는 걸 깨달았다. 서울에서 달리기를 할 때면 한강 같은 곳 말고는 길의 신호나 많은 차 때문에 자주 멈춰야 해서 조깅을 하려다가도 주저하게 되는 경우가 많았는데, 이곳은 차도 별로 없고 사람도 많지 않아 지나가던 개가 나를 반기며 앞으로 달려올 때 멈춰 서게 되는 것이 전부였다.

중심가를 지나 사원을 구경하다 나와 메콩강을 바라보며 한참을 돈 뒤 아침 시장을 구경하고 숙소 앞의 레스토랑에서 조식을 먹었다. 아침에 달리기를 한 건 매우 오랜만이었는데 상쾌한 기분에 시원한 커피를 한 잔 마시니 괜스레 새로운 인생을 시작한 기분이 들었다. 달리기하기 좋은 곳이 또 어디에 있을까. 달리기를 말할 때 나는 무슨 이야기를 할까. 더 많은 여행지에서 자유롭게 달리고 싶다.

빛

40kg에 육박하는 반려견 공칠이와 함께 사는 덕에 항상 옥상이 있는 옥탑방을 골라 살았다. 새로 구한 집은 운 좋게 저렴한 월세에 넓은 옥상이 있는 투룸이라 나름 만족하며 살고 있다. 오래된 건물이라 깔끔한 형태는 아니지만, 공간을 분리해서 생활하고 싶었던 나의 조건을 만족시켜 주는 새집의 방 하나는 침실로, 하나는 작업실로 나누어 사용한다.

웬만한 반려견 카페의 놀이터만 한 옥상은 덩치 큰 공칠이가 뛰어놀기에도 넉넉하고 사람들을 열 명 남짓 초대했을 때도 옥상에 앉아 도란도란 이야기를 나누기에 부족함이 없을 정도의 크기다.

그런 옥상을 갖게 됐으니 적당히 분위기를 낼 정도로만 꾸며볼까 하는 생각도 잠시, 이 넓은 옥상을 꾸미는 데도 엄청난 돈과 정성이 필요하다는 것을 깨달았다. 그래서 아직 방수페인트로 덮인 초록색 옥상에 불과하지만, 심적으로든 금전적으로든 여유가 생기면 멋지게 꾸미겠다는 욕심은 버리지 않았다. 옥탑에 대한 로망으로 가득한 사람들은 우리집에 올 때마다 평상을 놔라, 천막을 쳐라, 잔디를 깔아라, 빔프로젝터를 설치해라 등등 각자 상상한 옥탑의 모양새로 꾸미길 권하기도 하는데, 옥탑에 살아본 사람들은 청소하고 정리하는 것만으로도 손이 많이 간다는 것을 알 것이다.

장점과 단점이 공존하는 옥탑방에서 가장 좋아하는 두 가지 순간이 있다. 쉬는 날 아침 일찍 빨래를 널어놓고 옥상 소파에 앉아 음악을 들으며 차를 마시다가 오후엔 바삭하게 말라 햇빛 냄새가 스며든 빨래를 걷는 것. 그리고 바쁜 날 일과를 마치고 따뜻한 물로 샤워를 한 뒤 캔맥주를 하나 들고 옥상에 나가 검은 하늘 위로 솟아오른 롯데타워 옆에 떠 있는 달을 바라보는 것이다. 주변이 주택가라 높은 건물이 없어 하늘이 잘 보이는 우리집 옥상에서 바라보는 달은 항상 낮게 떠 있는 기분이 든다. 멍하니 한참을 바라보고 있으면 걱정이나 스트레스가 사라지는 것이 참 좋다.

한 건축가가 예능 프로에서 말하길 원시시대 부족들이 둥글게 모여 앉아 쬐던 모닥불이 현대에는 세 군데로 분리되었는데 하나는 가스레인지, 하나는 보일러, 하나는 텔레비전이라고 한다. 그중

유일하게 생존을 위한 수단이 아닌 텔레비전은 인간이 흔들리는 불빛을 보며 심리적 안정을 취할 수 있는 성질 때문에 발달하여 왔다는 설이 있다고 한다. 그 때문에 일을 마치고 돌아온 사람이 적어도 몇십 분은 가만히 앉아 텔레비전을 멍하니 보게 놔둘 수 있어야 한다고.

그런 맥락에서 하늘에 떠 있는 달을 바라보며 행복을 느끼는 시간을 자주 갖고 있다. 몇 시간 동안 침대에 앉아 향초를 켜놓고 책을 읽는 일, 음악을 틀어놓고 샤워를 하며 바보같은 춤을 추는 일, 우울에 빠진 내 옆에 공을 물고 와 놀아달라는 반려견의 머리를 쓰다듬는 일, 소소하지만 직접 음식을 만들어 나름대로 분위기를 내는 일, 별 내용도 없는 오늘의 일기를 쓰고 지난날의 일기를 다시 읽어가며 그래도 잘살고 있구나 스스로를 토닥거리는 일. 좋아하는 일을 하며 즐거워하고 있음에 만족하는 일. 어두운 순간에도 조금의 빛을 바라보는 일, 행복을 바라보는 일.

떠나는 날에는 역시 해가 떠올랐다

오는 길부터 이틀 내내 비가 줄기차게 내리더니 떠나는 날 아침엔 빗소리 대신 뜨거운 햇살이 나를 깨웠다. 여행을 떠날 때마다 운이 없는 사람처럼 비가 왔는데 이번에도 여행을 마치는 날에서야 파란 하늘을 볼 수 있었다.

해가 떠 있는 강릉의 바다는 더욱더 파랗게 빛이 났다. 이틀 내내 해변에 있었음에도 불구하고 오늘에서야 겨우 처음으로 물에 발을 담가 보았다. 차가운 물에 닿았다 떨어지기를 반복하는 두 발을 바라보며, 이렇게 쾌청한 날씨를 두고 떠나려는 것이 아쉽긴 했지만, 비 오는 날의 바다와 해가 뜬 날의 바다를 모두 본 것으로 만족하고 떠나야 할 것 같다.

이박 삼일을 혼자 여행했다고 대단한 깨달음을 얻거나 새로운 삶을 살 것 같은 기분이 드는 것은 아니다. 많은 양의 글을 쓴 것도 아니었고 맛집을 다닌 것도 아니었던 이번 여행은 애초에 뚜렷한 목적 없이 왔기 때문에 그저 숙소나 카페에 앉아 단상들을 끄적거리다 영화가 보고 싶으면 영화를 보고 술이 마시고 싶으면 냉장고에 넣어둔 병맥주를 꺼내 마시며 음악을 틀어놓고 바다를 바라보는 일을 반복하는 것이 전부였다. 하지만 이따금 바라봤던 바다가 매 순간 아름답게 느껴져서 '좋다'를 마음속으로 연신 반복하는 것으로 행복을 느끼고 있음을 깨달았다.

바다는 하나로 이어져 있지만 모두 다른 이름을 지니고 있다. 사람이 많은 경포 해변을 피해 사근진 해변에서 하루 머무른 뒤, 사천해변과 사천진 해변을 지나 안목 해변에서 하루를 머물렀고, 오늘은 영진 해변의 카페에 앉아 시간을 보낸 뒤 주문진에서 서울로 돌아가는 버스를 탈 예정이다. 주변의 건물이나 동네의 분위기 탓인지 해변들은 모두 다르게 느껴졌다. 똑같이 이어진 바다에서 모양이나 색이 다르게 느껴지는 것은 기분 탓일 수도 있겠지만, 해변을 옮겨 다니며 괜히 등대나 커다란 바위를 끼고 사진을 찍는 것도 나름대로 재미가 있다.

이렇게 시시콜콜하게 이박 삼 일을 보내고 딱히 한 일도 없이 돈이나 쓰고 돌아가는 괜한 짓을 했나 싶지만, 지금 이 순간에도 엉덩이를 떼지 못하고 몇 시간째 바다를 바라보고 있는 걸 보니 여행 덕에 마음이 편해진 것에는 틀림없다.

무라카미 하루키는 〈먼 북소리〉에서 '글을 쓴다는 건 참 좋은 일이다. 적어도 나에게는 정말 좋은 일이다. 처음에 가졌던 자기의 사고방식에서 무언가를 삭제하고 거기에 무언가를 삽입하고 복사하고 이동하여 새롭게 저장할 수가 있다. 이런 일을 몇 번이고 되풀이하면 나라는 인간의 사고나 혹은 존재 그 자체가 얼마나 일시적이고 과도적인가를 분명히 알 수 있다.'라고 했다. 나에게 이번 여행은 하루키의 말과 비슷한 느낌이었다. 과거의 나에게서 미래의 나로 나아가는 시점에서 그 차이를 좁히고 스스로를 설득해가며 변화를 받아들이는 시간을 보낸 기분.

여행을 마친 나는 크게 달라지지 않았지만 미세하게나마 조금 더 나 다운 사람이 되기 위한 시간을 보냈다는 것을 알 수 있다. 그리고 이렇게 또 스스로와 대면해야 하는 날이 오면 다시 찾아오라는 듯 떠나는 날에는 해가 떠올랐다.

독서

24시간을 내내 홍보해도 모자란 쇼핑몰 오픈 이후로 어딘가 한 군데에 집중할 수가 없어서 통 독서를 하지 못했다. 어제저녁부터는 나에게 주는 독서 시간으로 정해 반나절이 넘도록 읽다 만 세 권의 책을 허겁지겁 읽어치웠다.

오래도록 남아있던 뒷부분을 읽으며 앞이 기억나지 않는 부분이 있어서 처음부터 다시 읽고 싶은 책도 있었지만, 그랬다가는 결국 세 권을 모두 처음부터 읽어야 해서 꾹 참고 남은 부분을 꾸역꾸역 읽어냈다. 장르는 다르지만 여러 권의 책을 번갈아 가며 동시에 읽는 스타일이다 보니 완독하는 데까지 오랜 시간이 걸리는 편인데,

주로 시집, 에세이, 소설, 시나리오, 전문 서적 등으로 나눠 읽는 편이다. 그중 독서량이 부족해진 것 같아 스스로에게 화가 날 땐 비교적 편하게 읽을 수 있는 에세이를 폭식하듯이 읽어댄다. 온건한 독서법이 아니란 것을 알면서도 나를 구원해줄 어떤 구절이나 표현이 빨리 허기를 채워주기를 바라는 마음으로 맛도 제대로 느끼지 못하고 며칠을 굶은 사람처럼 페이지를 넘기고 만다.

첫 책을 다 읽고 마지막 페이지를 넘겨 뒤표지를 보게 되면 어느 정도 마음의 안정이 생긴다. 작가의 노력이나 좋은 글에 대한 예의를 갖추지 못하고 급하게 책을 덮어버린 것에 대하여 다음에 다시 읽겠다는 반성의 마음을 잠시 갖고 나면 다음 책은 조금 천천히 음미하며 읽을 수 있는 상태가 된다. 그때가 되면 소설을 집어 든다. 에세이는 작가가 화자가 되어 독자에게 다소 직접적으로 표현이 전달되는 반면, 소설은 그 주체와 대상이 제각각이라 나름대로 입장을 정해 읽어나갈 수가 있다. 이편이 되었다가 저편이 되어 반대로도 생각해보면서 여러 시점으로 접근해가며 읽는 재미가 있다. 특히나 좋은 문장 하나를 쓰기 위해 이야기를 꾸며낸 것 같은 이야기보다는 전체의 내용이 하나의 의미를 통찰하는 소설이 좋다.

시나리오 같은 경우는 특성상 단숨에 읽지 않으면 안 된다. 시나리오는 실제 배우들이 모여 리딩을 해도 영화로 완성되었을 때의 러닝타임과 비슷하게 나오는데, 아무래도 영화로 만들어질 그림을 상상하면서 읽다 보면 단숨에 읽어야 그 재미를 느낄 수 있다. 시집이야말로 해치우듯이 읽어선 안 될 일이다. 한 줄, 한 글자의 의미가 읽을 때마다 다르게 느껴지는 시는 시간이 필요하다. 별로 와닿지 않는 시는 빠르게 넘기고, 내 마음을 울리거나 페이지를 넘기려는 손을 멈추게 하는 무언가가 등장하면 팔짱을 끼고 오랫동안 곰곰이 지켜보게 된다. 그런 시는 페이지를 접어놓고 나중에 우연히 꺼내서 읽게 되는데, '아 역시 내 스타일이야.' 하는 경우도 있지만 '내가 왜 이 시를 좋다고 생각했지?' 하는 경우도 있다.

전문 서적은 사실 지식을 얻고 싶을 때 몇 페이지씩 읽는 편이다. 어제 있었던 모임에서 내가 모르는 이야기가 나오거나 특정 분야의 문외한이라 대화에 끼지 못하는 순간이 오면, 다음 날 어김없이 중고서점에 가서 관련된 책을 사서 읽는다. 그 자리에서는 "난 진짜 그런 거 몰라"하고 쿨 한 척을 해놓고도, 침대에 누우면 괜히 분해져서 다음 날 수박 겉핥기라도 해야 직성이 풀린다.

소중하게 쓰인 글들을 이런 식으로 난폭하게 읽는 것이 나에게도 독서 습관에도 도움이 되지 않는다는 것을 알지만 마음의 여유를 갖지 못해 잡생각이 들 때면 이렇게 해서라도 위안으로 삼곤 한다. 마음에 쏙 드는 부분이나 구절이라도 하나 얻으면 마치 영혼이 따뜻해진 것 같아 괜스레 행복해진다.

책 속에 빠져드는 일은 자리에 앉은 채로 우주를 여행하는 일이다. 소설 속 주인공이 있는 곳으로, 에세이의 작가가 겪은 일 속으로 가는 일. 시집 속의 표현이 되고, 시나리오 속의 누군가가 되는 일. 전문 서적에서 써먹을 만한 아이디어를 노트에 적으며 자기화한다. 이제 막 페이지를 펼친 책들이 또 세 권 있다. 언제쯤 이 책들의 끝을 볼 수 있을까.

골목길

프라하 여행에서 가장 좋았던 순간은 마지막 날 커피 한 잔을 들고 좁은 골목에 놓인 벤치에 앉아 시간을 보낸 일이었다. 넓은 궁전 속의 미술관이나 재즈 공연을 보면서 마셨던 생맥주의 맛도 잊을 수 없었지만, 딱히 뭘 하지 않아도 여정을 정리하듯 자리에 앉아 온전한 행복을 느꼈다.

좁은 골목에서 간간이 들리는 아이들의 웃음소리, 돌길을 무심하게 밟으며 지나가는 자동차 바퀴 소리, 목줄 없이도 유유히 걸어다니는 얌전한 개들과 천천히 가라고 다그치며 그 뒤를 걷는 할아버지, 고개를 젖히면 낮은 건물들 사이로 보이는 파란 하늘, 벤치에 자리가 날 때까지 기다렸다가 포장해 온 샌드위치를 꺼내 먹는 커플, 벤치 하나를 사이에 두고 서로 술래잡기를 하는 엄마와 아이. 가끔은 그때의 생각만으로도 행복해진다.

좋은 상상을 하는 것만으로도 행복해지고 있음을 느낄 때가 있다. 반대로 상상만으로도 무너질 때가 있지만, 좋고 나쁜 생각이 꼬리를 물고 물어서 더 이상 아무 생각도 들지 않을 때면 몇 시간 내내 뭘 고민했는지도 모른 채 다시 걷는 수밖에 없다. 행복한 풍경들을 바라보면서 이런저런 생각을 하다가 또 한참을 걸었다. 걷다가 힘들면 다시 앉아서 쉬고, 충분히 쉬면 다시 일어나서 또 걷고. 너무 오래 쉬었으면 조금 속도를 내서 뛰기도 하고 넘어지면 무릎에 입김을 호호 불고 일어나 다시 천천히 걷고. 잘 쉬고 또 걷고. 계속, 걷기.

후쿠오카의 골목

후쿠오카엔 좁은 골목이 많다. 두 사람이 같이 들어가면 부딪힐 만큼 좁은 골목 안에는 작은 간판들이 걸려 있고, 밖으로 열면 길이 막힐까 안으로 열리는 가게의 출입구들이 군데군데 놓여있다. 밤에는 술과 야키토리 냄새로 가득하던 골목이 아침엔 한산하다. 가게의 문은 모두 닫혀 있고 건물 틈새로 들어오는 햇빛만이 여기저기 자리를 잡았다.

골목을 발견한 관광객들은 둘로 나뉜다. 골목 안을 슬쩍 쳐다보더니 가던 길을 다시 가거나, 가던 길을 멈춰 사진을 한 장 찍고는 골목 안으로 들어간다. 골목으로 들어가는 사람들은 대개 호기심에 가득 찬 표정이었다. 어느 여성 관광객 둘은 서로를 마주 보고 웃더니 손을 잡고 들어갔다. 마치 모험이라도 떠나는 표정으로.

사람들이 골목을 좋아하는 이유 중 하나는 소수의 사람만 발견하고 즐길 수 있기 때문이다. 사람들은 그 소수가 되어 타인들이 발견하지 못한 것들을 보고 즐김으로써 특별한 사람이 된다. 남들이 보지 못한 곳에 대한 환상과 호기심, 골목 어귀에 숨어있던 멋진 곳을 발견했을 때의 희열, 여행이 끝나고 모두가 유명한 맛집을 이야기할 때, 아무도 발견하지 못한 곳을 말할 때의 뿌듯함. 명소를 즐기면서도 남들과는 다른 나만의 여행을 찾는 사람들.

때로는 가려던 곳을 취소하고 갑자기 발견한 가게에 들어가기도 한다. 만족할 때도 있고 실망할 때도 있다. 들어설 때는 희망이 있었지만 나올 때는 실망이 있을 수도 있다. 무엇이 됐든 골목을 다시 나올 때엔 또 희망을 품고 나온다. 더 좋은 곳을 찾길 바라며 길을 나선다.

가끔 목적지에서 벗어날 때가 있다. 원하지 않는 길을 지나야 할 때도 있고 원하는 여행을 하는 데 도움이 될까 싶어 가보는 길도 있다. 원하는 대로 이루어지지 않을 때가 있지만 그래도 골목을 들어갔다 나올 때처럼 다시 길을 찾기 마련이다. 같은 여행지를 다녀온 여행자들의 대화에는 공감이 있지만 경쟁심도 있다. 유치한 겨루기에서 승리하는 사람은 대체로 더 많은 곳을 가봤거나 더 유명한 곳을 가본 사람이지만 그 안에서 질문을 받는 사람은 자기만의 독특한 여행을 한 사람이다.

나는 모두가 걸어간 안전한 길을 선택할 때도 있지만 새로운 길에 대한 두려움과 호기심 같은 것이 꿈틀대 길을 이탈할 때가 종종 있다. 완벽하게 실패하지 않기 위한 보험처럼 유명한 곳을 한 군데 골라놓고 나머지는 자유롭게 이탈을 반복한다. 거기서 느끼는 의외성은 갑자기 발견한 골목에 들어서는 것과 비슷하다.

실패를 두려워할 수 있다. 실패는 패배감과 주변 사람들이 주는 측은함을 동반한다. 실패를 통해 얻은 성장과 그 경험담은 합리화로 치부된다. 똑같은 문장도 누가 했는지에 따라 달라 성공한 사람이 하면 명언이 되고, 실패한 사람이 하면 헛소리가 된다. 나는 실패와 헛소리를 반복한다. 골목에 들어서는 사람들을 좋아한다. 그들은 대단하진 않아도 귀한 시간을 보낸다. 실패를 담보로 자신의 시간을 투자하고, 완벽한 여행을 뒤로 하고 자신만의 길을 찾는다. 그런 이들의 눈에는 믿음이 보인다. 자신의 인생을 스스로 책임지고 이끌어가겠다는 믿음. 나는 그런 믿음을 갖고 싶다고 자주 생각한다. 나만의 행복, 나만의 만족, 나만의 성공을 통해 나만의 삶을 만들고 싶다는 생각. 오늘도 이름 모를 골목을 서성인다.

휴식

대학 시절, 일주일 동안 무제한으로 기차를 이용할 수 있는 내일로 여행을 혼자서 네 번이나 다녀왔다. 선택지도 없고 약속도 없이 그저 지나가다 마음에 드는 곳에 들어가 밥을 먹고 나와 걷고 또 걸었다. 티셔츠가 다 젖을 만큼 걷고 나서 마시는 아이스 아메리카노는 어디에서 마셔도 맛있었다.

혼자 하는 여행이라 비싼 숙소는 잡지 못했지만 바다가 보이던 싸구려 모텔에서 혼자 먹던 회와 소주는 낭만적이었다. 그 여행에서 딱히 특별한 일 하나 하지 못했으나 그것이 즐거워 매년 다시 떠났다. 하나하나가 기억에 남는 것이 아니라 그 여행 전체가 편안

했던 것이 기억에 남는다. 그 누구도 재촉하지 않고 미리 정해놓은 목표 없이 오로지 순간의 선택으로 연속된 여행 속에서 행복했다.

계속 무기력해지고 제대로 휴식하기 어려운 이유는 무엇일까. 휴식을 통해 무언가를 회복하려는 욕구가 강하기 때문 아닐까. 고생한 시간에 비하면 턱없이 부족한 휴식 시간으로 몸과 마음이 회복되길 바라는 욕심이 더 큰 피로를 준다. 게다가 짧은 시간 안에 즐거운 무언가를 해야 한다는 강박으로 온전한 휴식을 갖지 못한다. 아무것도 하지 않고 지나가는 시간을 견디지 못하고, 다시 일을 할 때면 제대로 쉬지 못한 것 같다며 투덜댄다. 아직 쉴 때가 아니라고 생각해서 계속 발을 구르고 있는 입장이지만 휴가가 주어진다면 그때처럼 여행해보고 싶다. 억지로 주어진 쉬는 시간이 고통스러울 때가 있지만 제대로 쉴 수 있다면 조금은 더 행복해지지 않을까.

돌바닥

여행지에서 많이 걷는 편이다. 아침잠이 많은 사람인데도 불구하고 여행지에서는 눈이 일찍 떠져 트레이닝복을 주섬주섬 입고는 밖으로 나가 걷는다. 아침 일찍 연 카페가 있다면 커피를 한 잔 사 들고 천천히 걸으며 주변을 구경한다. 어제는 많은 인파를 뚫고 가서 봤던 유명한 관광지가 오늘 아침에는 한산하다. 혼자 서서 멍하니 바라보고 있자니 어제는 대단해 보였는데 오늘은 별것 아닌 것처럼 느껴진다.

프라하는 넓지 않은 지역이라 두 시간 정도 달리면 얼추 주요 관광지를 다 볼 수 있다. 낮과 밤으로 북적이던 관광지를 한산한 아침에 바라보니 이 건물이 유명한지 옆 건물이 유명한지 제대로 알 수 없었다. 그런 건물이더라는 정보를 찾은 후에야 알 수 있던 유명세는 사실 내가 알지 못하면 특별한 건물이 될 수 없다. 짧은 일정 안에 알찬 여행을 보내기 위해 유명하다는 맛집과 아름답다는 관광지를 열심히 찾다 어느 순간 그만두었다. 타인이 여행한 기록들에 의존해 누군가가 갔던 곳에 가고 맛있게 먹었다던 음식을 먹으며 내가 하고자 했던 여행은 어디에 있는지 생각해보았다.

길을 걷다가 우연히 들어간 레스토랑의 음식은 아주 맛있었고, 걷다 지쳐 잠시 쉬었던 카페는 커피도 맛있고 피아니스트의 연주도 훌륭했다. 유명한 맛집이라고 해서 찾아간 레스토랑은 서비스부터 맛까지 그저 그랬으며, 아인슈타인과 프란츠 카프카가 자주 갔다던 카페는 너무 시끄러웠다. 귀국하는 비행기를 기다리는 곳에서 사람들은 각자 유명한 곳을 거론하며 안 가봤냐고 자신의 빽빽한 여행 루트를 자랑했다. 갑자기 멀미가 나서 그곳에서 도망쳤다. 나도 분명히 맛집을 찾아보고 유명 관광지에 가서 풍경을 바라봤지만 제대로 즐긴 곳은 몇 군데 되지 않았다. 오히려 아침에 걷던 길에서 우연히 마주친 벽과 골목이 예뻤고, 그 골목 사이로 보이는 하늘 가운데 떠 있는 구름이 귀여워서 오래 앉아있었다. 카를교는 분명 아름다웠지만, 카를교라고 착각해서 지나간 다리 또한 아름다웠다.

사실 프라하를 여행하면서 가장 기억에 남는 건 맛있는 맥주도 아니고 프라하성에서 한눈에 보이는 프라하의 경치도 아니다. 바로 울퉁불퉁한 돌길의 압박이 남은 내 발바닥이다. 인도에는 작은 돌길이 놓여있어 군데군데 자극을 주고 차도에는 큰 돌들이 놓여 있어 잘못 디디면 발목이 꺾이는 돌길을 걸으며 고생한 내 발바닥이 가장 큰 기억이다. 그 길이 주던 감촉을 느끼며 책자에 나와 있지도 않은 길들을 많이 걸었다.

그 길을 걸으며 실패를 너무나도 두려워하고 아까워해서 이리도 불행해진 것이 아닌가 생각했다. 맛없는 음식을 먹고 멋없는 곳에 갔다 해도 그것 또한 소중한 경험임을 망각하고 남들이 남긴 길을 좇아 계속 방황하고 있는 것은 아닌가. 그래서 내 것이 없는 것이 아닌가. 정말 내가 원하는 것은 무엇일까. 나는 무엇을 얻으려 이곳에 왔을까. 실패가 연속되면 행복하지 않을 수 있다. 하지만 안전한 길이 연속되어도 즐겁지 않을 수 있다. 나는 돌길의 울퉁불퉁한 감촉을 그리워하며 비가 그친 아스팔트 위를 걸었다.

연극 〈그럼에도 불구하고〉를 마치고

소중한 공연이 한여름 밤의 꿈처럼 사라지고, 단출했던 무대는 다시 카페 손님들의 좌석이 되었다. 배우들은 거나하게 뒤풀이를 보낸 뒤 각자의 공간으로 흩어지고, 없어선 안 될 존재였던 스태프들은 다시 그들의 삶으로 돌아갔다. 이 모든 것들은 각자의 형태를 지니고 있다가 팔십 분이라는 짧은 시간 동안 찰흙처럼 서로 뒤엉키고 흡수하더니 빅뱅처럼 팽창하고 발광(發光)했다. 팔십여 명의 정신과 시선을 집중시키던 우리는 할 일을 마치자 분리되어 그 자리를 떠났고, 나는 꿈속에서 갈 길을 잃은 사람처럼 멍하니 있었다. 사라지는 것들과 마주하는 일이 무섭다고 느낀 지는 얼마 되지 않았다.

상실. 사라진다는 것은 즉 존재했다는 것이다. 존재한다는 말은 사라지는 것들에게만 붙일 수 있는 이름이다. 유한한 것들.

존재한다는 것은 나와 함께 있었다는 것이지만, 소유가 아닌 존재이기 때문에 내 것이라는 것도 아니다. 소유한 것은 내 마음대로 결정할 수 있지만 존재하는 것들은 함부로 그럴 수가 없다. 존재했던 것들은 내 눈으로 보고 만질 수 있거나, 소리로 듣고 향을 맡을 수 있거나, 혹은 그럴 수 없다고 해도 느낌을 줄 수 있는 것이다.

느낌을 줄 수 있다는 것, 느낌을 기억한다는 것은 상상하는 것과 다르다. 상상하는 것은 없는 것을 마음속으로 떠올리고 머리로 그려가며 하는 것이고 대부분이 미래의 것이다. 하지만 느낌은 떠올리는 것이다.

과거란 지나간 것이다. 흘러간 것들. 떠나간 것들. 다시 이 자리에 올 수 없는 것들이기에 계속해서 현재에 두고 싶은 욕심이 생긴다. 내 마음이 원할 때 곁에 있었으면 하지만 그렇지 않다는 것을 깨달을 때 후회하게 된다.

후회는 하고 싶지 않다고 수없이 말하지만, 끊임없이 번복된다. 욕심을 버리지 못하고 계속해서 무언가를 원하며, 결국 만족하지 못하고 모든 게 끝이 난다. 그래서 그 후회를 줄이려고 노력이라는 것을 한다.

노력한다고 해서 과거로 가는 것들을 다 붙잡아둘 수는 없지만, 그래도 그것이 현재일 때 큰 만족감을 얻을 수 있을 만큼 노력한다. 그런 노력은 최고가 되지 못해도 최선이 되어 행복을 준다.

행복은 결국 현재에 있다. 현재를 행복하게 만들기 위해 노력하면 후회를 줄일 수 있고 후회가 줄면 과거가 행복해진다. 행복한 과거의 느낌을 오래도록 간직하기 위해서 존재의 소중함을 잊지 않는다. 존재의 소중함을 안 사람만이 상실의 고통을 알기에 존재들에게 최선을 다하며 사는 것이다.

모든 것은 사라지고, 사라지는 것들은 모두 존재했던 것이다. 우리의 공연은 사라졌다는 말 대신 흩어졌다는 말로 대신해 언젠가 다시 모으고 싶다. 치열하고도 열정적이었던 그날의 에너지가, 관객들의 열화와 같은 박수 소리가, 공간 안에서 우리가 함께 나눈 즐거움과 사랑이 나의 삶에 생명력을 불어넣어 이제는 사라진 것들에 대한 마음을 더 애틋하게 만든다. 현재 나의 삶과 함께하는 존재들의 소중함을 깨닫게 해주어 감사했던 날. 한여름 밤의 꿈처럼 떠나간 우리의 공연, 연극 〈그럼에도 불구하고〉를 마치며.

기록

소박한 작품일지라도 무언가에 깊이 참여하고 싶었다. 내가 가진 능력 안에서 내가 즐겁고 사람들을 즐겁게 할 만한 일. 그래서 작년에도 올해에도 글을 쓰고 공연을 올렸다. 수준은 떨어져도 그걸 쓰느라 몇 주의 잠을 설쳤고, 단 한 시간의 공연으로 힘들었던 몇 개월의 우울을 회복할 수 있었다.

창작을 도모하는 일은 즐겁다. 그 목표가 뚜렷하면 그것을 위해 다른 일을 하는 데도 힘이 난다. 하지만 작품으로 만들겠다는 마음을 먹기 시작하면 집착과 불안이 생기면서 엄청난 중압감을 받는다. 이때 생기는 스트레스를 좋아한다. "이거 제대로 하지 않으면 안 되겠구나" 하면서 몰두하는 시간이 좋다.

평소에 메모를 자주 하는 편이다. 뭘 쓰겠다고 생각하기보다는 떠오르는 것을 여기저기 적어뒀다가 모아 놓고 읽어 보면 내가 무슨 생각을 하고 어디에 초점을 맞추며 살아가고 있었는지가 보인다. 무의식 속에 의식이 있다. 딱히 커다란 의미를 지닌 글이 아니더라도 자주 기록해두는 이유는 허무를 극복하기 위해서다. 나도 모르게 휩쓸려간 시간 속에서 커다란 업적 하나 남기지 못한 한 해를 보냈을 때, 몇 안 되는 필모그래피로 인생을 평가하기에는 내 삶이 너무 안타깝기에 자주 기록하는 것이다. 이따금 발견하곤 하는 일상의 의미를 통해 꽤 많은 허무를 극복할 수 있으며, 그리하여 대단한 일을 하지 않는 하루도 소중히 여길 수가 있다.

최근 메모한 것들을 들춰보니 인간관계 이야기가 많다. 나는 처음 본 사람들과도 쉽게 친해지는 편인데, 의외로 일정 관계성 이상을 침범하면 불편해하는 스타일이다. 그래서 막역한 사이를 소중히 여기는데, 요즘은 그것도 쉽지가 않다. 그래서 외로움을 타지 않는 사람들이 부럽다. 혼자 있는 시간을 즐기지만, 계속 혼자 있는 것은 싫어하는 것 같다. 다행히 누군가가 자주 찾아주는 바람에 계속 혼자 있어 본 적은 없지만, 외로워지고 싶은 것과 외로워지는 것은 큰 차이가 있다고 느낀다.

다음에 쓰는 글은 아마도 우정에 관한 이야기가 될 것 같다. 아주 어렸을 적의 친구들부터 현재의 친구들, 혹은 이제 연락조차 하지 않는 친구들까지. 그렇게 깊어지고 소원해지는 관계 속에서도 잃고 싶지 않은 사람들을 부여잡으며, 정체성을 유지하려는 나의 이야기를 기록하고 싶다.

완벽한 관계

노력하지 않아도 되는 관계라는 것이 과연 존재할까. 복잡한 관계에 지친 요즘 사람들을 위로하기 위해 '있는 그대로의 나를 사랑해주는 사람을 만나'라는 말이 유행처럼 돌고 있지만, 있는 그대로의 나를 사랑해주는 사람을 만난다는 건 가식이나 거짓으로 자신을 억지로 꾸미지 말라는 말에 가깝지, 상대방을 위해 노력하지 않아도 된다는 말은 아니다.

혹여나 있는 그대로의 나를 사랑해주는 사람을 만났다 하여도 상대방은 그런 당신을 놓치지 않기 위해 끊임없이 노력하는 중일지도 모른다. 해서, 자기 편한 대로 해도 이 사람은 날 사랑해준다고 착각하며 보낸 세월 뒤에 다가오는 것은 때아닌 이별과 상실일 것이다. 노력했던 쪽은 그저 묵묵히 배려하고 희생하다가도 애정을 잃으면 미련 없이 떠날 수 있다.

완벽한 사람이 없으니 완벽한 관계도 없는 것이 아닐까. 누군가가 한발 물러나면 누군가는 앞서가야 하며, 그것이 반대가 될 수도 있다. 그 과정을 반복하면서 서로를 위하고 더 나아질 나를 꿈꾸며 그 관계를 이어나가는 것이다. 상처는 치료하고, 사랑은 키워나가면서. 그렇게 서로를 간호한다. 희망이 없는 관계에는 믿음이 없다. 믿음이 없는 관계에는 노력이 없으며 노력이 없는 관계에는 결국 미래가 없다. 내가 행복할 수 있을 것 같다는 그 희망과 안도가 서로 손 붙잡고 나아가는 힘을 만든다.

신형철의 〈슬픔을 공부하는 슬픔〉에서는 와시다 키요카즈의 〈듣기의 철학〉 속 한 구절을 인용하여 '시간을 내어준다는 건 내 생명을 내어주는 것'이라고 하였다. 누군가가 나에게 필요 이상으로 시간과 정성을 쏟으면 감동한다. 누군가를 위해 힘쓰는 것이 얼마나 고되면서도 동시에 보람을 느낄 수 있다는 것을 알기에, 타인의 노력을 함부로 무시할 수 없다. 힘들고 지치는 과정에서도 한 발 더 다가가려는 노력이 어리고 이기적인 나를 성장시키리라는 믿는다.

시집을 펼쳤다

언제 시집을 마지막으로 펼쳤는지 기억나지 않아서 시를 읽었다. 소설은 인생이고 에세이는 마음이라면 시는 사랑이라고 말하던 나는 성공과 부에 목이 말라 한동안 그 어느 것도 펼치지 못하고 살았다. 더는 가난한 사랑과 삶 속에서 살고 싶지 않다며 매일같이 성공, 성공을 외치며 닥치는 대로 일을 받아 물었지만, 이래서 언제 부자가 되고 부자가 된다 한들 사랑도 없이 그것들을 어디에 쓸 것인지 고민에 빠졌다.

그녀가 잡아당긴 이불에 드러난 내 한쪽 어깨가 추위에 젖을 때에도, 다른 어깨로는 따뜻하게 그녀의 머리를 받치며 안도하던 때의 내가 생각하던 사랑과, 큰 집으로 이사 가지 않으면 평생 이 좁은 부엌에서 아슬아슬한 칼질이나 하며 살게 될 거라고 자신을 다그치는 요즈음의 내가 생각하는 사랑 중 어떤 것이 정답일까.

그런데도 열심히 노력하는 것은 사랑의 힘은 너무 세서 모든 걸 무너뜨릴 수 있기 때문이다. 사랑은 모든 것을 녹게 하고 또 뜨겁게 한다. 그리되는 것을 걱정하다 보니 마음을 다해 사랑하는 것이 겁이 난다. 사랑 안에서 일어나는 아픔은 뭐든 쉽게 치유되지 않아 마음을 다 주지 못하고 남겨두곤 한다. 시인은 사랑은 어느 날 수리된다고 말한다. 나는 수리와 수정과 교체와 교환과 반품과 환불 같은 단어들을 생각한다. 그중 사랑에 쓸 수 있는 단어는 무엇이 있을까. 성공한 사람은 성공에 대해 강의하고, 실패한 사람은 역경에 대해 토로하지만, 사랑한 사람은 사랑을 함부로 정의하지 않는다. 사랑을 정의한 사람은 사랑에 빠지자마자 바보 꼴이 되고 말 테니까.

스케줄 노트엔 운동, 영어 공부, 연기연습, 대본 암기 같은 것이 적혀 있다. 나는 무엇을 하며 사는가. 달과 별을 바라보지 않고 밤을 보낸 지가 며칠째인가. 느끼하다고 해서 무용한 것들과 낭만에 대해 적어내지 않은 지 얼마나 됐나. 내 마음이 어디 있는지 찾지 못하니 그 밑에 바다라고 한 줄 적는다.

언젠가 우리가 다시 만나면

수정을 하고 또 해도 끝이 없는 대본의 늪에 빠져 허우적대고 있다. 뭐가 맞고 틀리다 보다는 원하는 방향에서 벗어나지 않으려는 노력이 어렵다. 하고 싶은 이야기야 많지만 정해진 시간 안에 해야 하니, 적게 말하되 많이 품고 있는 것이 어렵다.

그래서 말수가 적은데도 멋과 유머가 묻어나는 사람들이 부럽다. 작년에 쓴 〈그럼에도 불구하고〉에 이야기를 덧붙이려다가 대본을 통째로 다시 쓰게 된 건, 작년의 나와 지금의 내가 꽤나 달라졌기 때문이다. 시시콜콜한 이야기들로 위기를 모면하면서 관계를 이어가려는 노력이 많았던 작년과 달리 더 깊은 관계 안에서 할 수 있는 자유로운 농담을 쓰고자 한다.

2인극이다 보니 자연스럽게 남녀 관계에 대해 자주 생각하게 된다. 서로 아쉬운 마음을 털어놓는 장면을 쓰고 나니 작은 약속들의 중요성을 느낀다. 저녁을 같이 먹기로 한 약속, 주말에 전시회를 보기로 한 약속, 몇 시까지 귀가하기로 한 약속같이 사소한 약속들을 지킨 사람에게 믿음이 간다. 큰 약속은 더 큰 일로 취소되는 일이 많지만, 작은 약속들은 쉬운 이유들로 취소되는 일이 많다. 약속을 취소하는 일은 기대했던 마음까지 함께 취소시킨다. 취소가 반복되고 취소된 약속으로 생긴 공백의 시간 동안 상대에 대한 믿음은 사라지게 된다.

다른 사람으로 채워지지 않는 것이 있다. 비단 연인뿐만 아니라 모든 관계에서 그러하다. 내 마음을 꿰뚫고 있는 사람이 내 숨소리 하나로도 무슨 일이냐고 물을 수 있는 일은 흔치 않다. 그런 사람은 내 성향뿐만 아니라 나의 음성, 톤, 말투, 습관 등을 알고 있어 변화를 빨리 감지한다. 나 또한 슬프건 기쁘건 상대가 말하지 않은 마음을 맞췄을 때 기분이 약간 좋아진다. 상대방을 충분히 이해하고 있는 것 같아서. 내가 소중히 여기는 누군가를 잘 이해하고 있다는 생각에 기분이 좋아진다.

세탁

오래 쓴 통돌이 세탁기가 고장 나는 바람에 셀프 세탁소에 자주 가고 있다. 자취를 오래 한 탓에 뭐든 아껴 쓰자는 마음으로 가사 노동을 직접 부담해왔는데, 세탁기와 빨랫줄이 해주는 일을 만원이나 주고 하려니 처음엔 돈이 아까웠다.

하지만 시간에 맞춰 세제나 섬유유연제를 따로 넣지 않아도 세탁기가 알아서 해결해주는 부분이나 건조까지 빨리 해결할 수 있다는 점에서 투자하는 한 시간 남짓이 아깝지 않다고 느껴지기 시작했다. 오히려 건조기 없는 삶으로 다시 돌아가지 못할까 걱정이 된달까.

개인적으로는 해가 쨍쨍한 날 옥상에 널어 둔 빨래가 바삭하게 마른 걸 좋아하지만, 빨래를 개다 보면 건조기에서 건조된 부들부들한 빨래의 촉감도 마음에 든다. 옥상에서 마른빨래는 햇볕의 냄새가 나고 건조기에서 마른빨래는 섬유유연제의 향이 난다. 여름에는 햇볕의 냄새가 나는 게 좋고 겨울에는 섬유유연제의 향이 좋다. 이런 것도 취향이라고 할 수 있을까.

국내에서는 아직 코인 세탁소가 유행하지 않았을 때, 미국 여행 중 폭설이 내려 셀프 세탁소로 피신을 한 적이 있었다. 잠시 추위를 녹이려고 들어간 곳이었지만 고요하고 아늑한 것이 느낌이 좋아 사진도 몇 장 찍었다. 그때만 해도 누가 매번 돈을 내고 여기까지 와서 빨래를 돌리고 다시 들어가는 수고를 하냐고 구시렁거렸지만, 주거 형태가 변하고 집의 면적이 점점 줄어들면서 살 때는 비싸고 처분할 때는 골칫덩어리인 가전이나 가구를 많이 들이기보다 취미나 스타일을 살리는 물건을 집에 들이고 삶의 방식에 따라 필요한 것을 취사선택하며 살아가고 있다.

어느 집은 냉장고도 없다고 하는데 나같이 요리를 즐기는 사람에게는 꿈도 못 꿀 이야기지만, 꼭두새벽에 일어나 출근하고 어두운 밤이 되어서야 귀가하는 사람이라면 집에서 잠이나 겨우 잘 뿐 요리할 체력이 없으니 시켜 먹거나 밖에서 먹고 오는 것도 이해가 된다. 요리할 시간에 일 분이라도 더 쉬고 싶을 테니.

다음 주 이사를 준비하면서 쓰던 가구를 모두 버리고 간다. 벌써 십 년도 넘게 쓴 물건들부터 중고시장에서 사 온 것도 있고 길에 버려진 가구를 주워오기도 했다. 생활고에 시달려 새 가구를 사는 것은 사치라고 여기며 살아온 인생이기에 그렇게 하나둘 모은 물건들이 나름 보물 같이 느껴졌다.

사람마다 어떤 것은 꼭 새 걸 구입해야 하고, 어떤 것은 누가 쓰던 것이어도 상관없다는 나름의 기준이 있다. 나는 새것에 대한 욕심이 별로 없어 남이 입던 옷도 잘 받아 입고 가구도 잘 받아 쓰며 열심히 절약해왔다. 방방곡곡에서 모인 물건들은 한 사람의 감성과 라이프스타일을 표현한다. 누군가의 집에 가보면 가구의 배치나 크기 등으로도 어떤 일을 우선시하는지, 집에서 주로 무슨 일을 하는지 대충 짐작할 수 있다. 집이 성격을 대변하는 것이다.

우리집에는 대형견이 함께 있고 레트리버의 갈색 털이 자주 빠지기 때문에 검은색 가구나 침구류를 사용하지 않는다. 옷도 베이지나 브라운 계열이 많다. 숙면을 위해 침실에서는 잠만 자고 TV 같은 것을 두지 않는다. 잠이 오지 않아도 아무것도 하지 않아야 부족한 수면시간을 챙길 수 있기 때문이다. 책이 많아 책장으로 벽 한 면을 가득 채웠고 필기를 좋아해 곳곳에 필기구가 흩어져 있다. 모든 사물에 추억과 이야깃거리를 붙이는 탓에 쓰지도 않으면서 쌓여 있는 무용의 물건들이 많지만 그것이 곧 내 성격이고 살아온 삶이라는 생각이 든다.

지금도 정든 가구들을 만지며 '이 정도면 아직 쓸만하지 않나' 생각하지만 아무래도 이제 보내줘야 할 때가 된 것 같다. 추억도 좋지만 삶의 효율과 새로운 시작을 위해 변화해야 하는 시간도 존재하는 법이니까.

건조기의 완료 알림이 울릴 때쯤이면 하나의 글이 완성된다. 육십 분이라는 시간이 이리도 짧았나. 아직 글 쓰는 속도가 더뎌 마감에 맞춰 직업적으로 글 쓰는 사람이라는 말을 하기엔 역시나 무리다. 살다 살다 건조기가 나의 글쓰기 수준을 판단해주는구나. 그래도 고맙지. 셀프 세탁소에 있는 한 시간 동안 얌전히 엉덩이를 붙이고 앉아 타자를 두드릴 수 있으니.

의미

성취에도 실패에도 의미와 공허가 공존한다. 왜 이렇게 쉼 없이 달려야만 하는가에 대한 의문 속에서도 세상 어딘가에는 내가 할 일이 있다는 것, 그 일을 할 때 나는 중요한 존재가 되고 그 존재 의식으로 삶에 가치를 느끼며 그런 느낌이 삶에 충만함을 준다는 신형철의 말처럼 계속 살아나간다.

인간으로서 살아가는 이 세상을 절망과 행복으로 나눈다고 했을 때, 절망이 아흔다섯 번 정도, 행복이 네다섯 번에 불과하다는 생각이지만, 행복이 가진 힘은 꽤 커서 나는 절망에 굴하지 않기로 했다. 행복 중에서도 으뜸은 사랑이다. 사랑은 아직도 인류가 풀지 못한 커다란 수수께끼 같다. 과학으로도 의학으로도 풀어내지 못할 마법과도 같은 힘을 가진 사랑으로 많은 것들을 극복할 수 있다.

그런데 사랑을 하는 것에 점점 나만의 이유가 생긴다. 남들에게 얘기해봤자 전혀 동의하지 못할 나만의 이유. 나만의 의미. 나만의 사랑. 그 의미를 연대할 수 있는 사람들과 함께 우리만의 세상을 꾸려나간다.

더욱더 사랑할 것이다. 사랑할 대상은 다양하다. 나는 그중에서도 연인을, 친구를, 가족을, 지금의 나를 있게 도와준 고마운 사람들을, 나로 인해 상처받은 누군가를, 아직 세상을 아름답게만 보고 있는 아이들을, 힘겹게 남은 날을 걱정하는 노인들을, 말은 못 하지만 인간을 사랑하는 동물들을, 이 모든 것이 존재하게 하는 건강한 자연을 유독 힘써 사랑할 것이다. 성취와 성공에 욕심을 내면서도, 성장과 행복의 의미를 잃지 않는 사람으로, 그렇게 살아가겠다.

너의 시간이 올 거야

초판1쇄 인쇄 2021년 12월 10일
초판1쇄 발행 2021년 12월 16일

지은이 차영남
펴낸이 최병윤
편집자 이우경
펴낸곳 리얼북스
출판등록 2013년 7월 24일 제2020-000041호
주소 서울시 서대문구 증가로30길 29-2
전화 02-334-4045 팩스 02-334-4046

종이 일문지업
인쇄 수이북스

ISBN 979-11-91553-26-0 03810
가격 14,000원